Expedientes Morgue

Expedientes Morgue

Hemil García Linares

(Prólogo de Alberto Chimal)

ISBN 978-1-7366048-0-9

Autor: Hemil García Linares

Diagramación y diseño interior: Suzanne Islas

Ilustración y diseño de portada: Angélica Tapia

Edición de textos: Fernando Carrasco

Página del autor: www.hemilgarcia.com

Contactar a la editorial:

editorialraiceslatinas@gmail.com

Facebook: https://www.facebook.com/Editorialraiceslatinas

Instagram: @editorialraiceslatinas

Editorial Raíces Latinas, Domus Gothica es un sello editorial con sede en Virginia Estados Unidos.

Índice

Prólogo
Los viajes del TERROR

Alberto Chimal

Escribo estas palabras desde México, parte del mundo occidental pero no parte crucial, o al menos no considerada así. Patio trasero de Estados Unidos, país del *sur global,* territorio violento, de gobiernos vacilantes o subordinados o fallidos. No es del todo así, por supuesto: lo real siempre es mucho más rico, más complejo que los estereotipos. Pero esa es nuestra imagen fuera de las fronteras del país: la reducción a la que se nos somete y que nosotros mismos fomentamos y repetimos cuando nos conviene.

Al perpetuar esa reducción se repiten muchas mentiras, muchas imprecisiones y falseos. Una de las más insidiosas, en realidad, es mucho mayor que cualquier problema exclusivo de mi país: es la noción de que las vidas humanas, y todo lo que implican (las interacciones sociales, las luchas cotidianas, los grandes acontecimientos, nuestras relaciones con el cuerpo y el lenguaje) están constreñidas por las fronteras nacionales. Obviamente, nuestro tiempo es también uno en el que la presunta "libertad de movimiento" promovida como una bendición de los regímenes neoliberales no solamente se ha revelado como engañosa, y no sólo retrocede en muchos lugares, sino que está *de facto* anulada para casi todo el mundo por la pandemia de la COVID-19. Pero (y con esto llego al trabajo de Hemil García Linares) siguen existiendo los viajeros: aquellas personas que, debido a sus historias personales, experimentan de primera mano el cruce de fronteras, y hacen de él, quieran o no, parte de sus vidas. Los migrantes, legales y no; los fugitivos, los refugiados; los muy escasos para quienes no hay fricción en el planeta.

Esa es otra experiencia crucial de nuestro tiempo, pero (aunque parezca mentira) está poco explorada. O, quizá, explorada de maneras muy limitadas: en la literatura, por ejemplo, suele ser vista desde afuera o ceñida a lo testimonial, al testimonio casi directo. Hemil García Linares, nacido en el Perú, radicado en Estados Unidos, promotor y practicante de la literatura en castellano *dentro* de su país adoptivo, es uno de los escritores que está rompiendo esos límites: cruzando esas otras fronteras.

¿De qué manera se puede hablar de traspasar fronteras sin representar el cruce de manera literal? Por ejemplo, escribiendo historias *alrededor* de él: relacionadas con el choque cultural, la discriminación, la dicotomía del desarraigo y la asimilación, pero centradas en la conciencia de quien cruza, en las numerosas experiencias que puede tener más allá de la experiencia misma del desplazamiento. *Expedientes Morgue* hace esto creando historias de miedo: versiones y pastiches de clásicos, argumentos originales, siempre desde el punto de vista de personajes que han *cruzado*. Algunos están en fronteras; otros, en países de visita o de mudanza. Ninguno tiene como centro, al final, el movimiento de los cuerpos, pero sí el movimiento de las conciencias: la forma en la que el pensamiento se modifica (se abre, se cierra, se desvía, se reencauza) al darse cuenta de que las fronteras son arbitrarias, porosas, y a la vez durísimas.

No debería sorprendernos tanto que esto sea posible. El miedo es universal —una de las pocas experiencias que realmente trasciende todas las limitaciones territoriales— y las narraciones que lo tratan en occidente tienen una historia que ya es en sí misma de traslados y de cruces. La noción de que son un grupo concreto dentro de la cultura popular les da el nombre de *genre*, que es un galicismo utilizado en el inglés y que en castellano se traduce imperfectamente como *género*, o si acaso como *subgénero*; Edgar Allan Poe, un gran precursor referenciado explícitamente en varios textos del libro, se nutrió de la obra de los autores románticos europeos, y más tarde, a través de las traducciones de Charles Baudelaire, influyó en generaciones posteriores de escritores europeos; la literatura de Hispanoamérica tiene no solamente una historia ilustre de cultivadores de la imaginación fantástica, sino un momento de esplendor actual, con figuras elogiadas y queridas como Mariana Enríquez, Mónica Ojeda o Bernardo Esquinca, que producen su obra desde diferentes países y no tienen miedo de combinar diferentes influencias, estilos y (por supuesto) *genres* en su busca del significado del miedo en nuestra época contemporánea.

Un libro como *Expedientes Morgue* agrega a este panorama rico el trayecto particular de un escritor entre dos siglos, el XX y el XXI, y entre varias tierras y lenguas diferentes. Los personajes de Hemil García Linares son siempre observadores de un entorno en transformación, cuyas certidumbres son escasas y provisionales, y que se enfrentan a las proverbiales amenazas, enigmas o incluso monstruos —los enviados de la Gran Oscuridad, como habría dicho H. P. Lovecraft— con un aire menos de indefensión o de angustia que de perplejidad. Esto es también el mundo, parecen decirnos; igual que todo lo que dejamos en nuestra aldea, y todo lo que hemos encontrado en los otros lugares. Y sí, nos acecha, nos atemoriza, pero tal vez no lo veríamos siquiera de no ser porque nosotros mismos estamos descentrados, desplazados en el tiempo y sobre todo en el espacio. La realidad mayor de quien se abre al mundo, incluso contra su voluntad, puede abarcar todos los acontecimientos de afuera, pero también los interiores: todos los nuevos miedos, las nuevas esperanzas, las nuevas dudas.

A este mundo más lleno de estremecimientos (voluptuosos, hubiera dicho Poe; y también de otros) se nos invita en las páginas que siguen. Han de leerse con cuidado, y con deleite.

Este libro está dedicado a:

*A **ellas,** por amarme y estar **siempre** conmigo mientras
escribo o disfrutamos una película sin miedo al horror de la vida*

*A mi familia por enseñarme a leer
en dos idiomas, desde niño*

A todo aquel que me aprecie y que, como yo, ame el horror

Agradecimientos:
A Alberto Chimal por el prólogo generoso y el aliento
A Fernando Carrasco por la lectura honesta y dedicada de este manuscrito
A Suzanne Islas por la diagramación y solidaridad fraterna
A todos lo que están y a los que se han ido luchando

Expedientes Morgue

1.
En plena luna llena

En medio de los matorrales, Gabriel escuchó que su hermano gritaba como poseído. "Huye. Corre antes de que sea tarde", fue lo último que le oyó decir a Rafael. Quiso ayudarlo, pero desistió: tenía la certeza de que todo esfuerzo sería inútil. Miró al cielo, con resignación. Todo estaba consumado.

Habían jurado desde niños, entre bromas, ayudarse siempre y que estarían juntos hasta el final. Tal como vinieron al mundo: en una sola placenta.

No obstante, ahora estaban seguros de que no podían ayudarse. El pacto había sido claro. Si a uno lo detenían en la frontera, el otro seguiría su camino. El coyote les había dicho que de ser arrestados podrían intentar cruzar luego de un mes. Sí, todo dependía de un poco de suerte y de regresarse luego para el borde mexicano si los atrapaban. Los policías gringos, decía el coyote, estaban hartos de perseguir, arrestar y llevar a tanto mojado hasta el centro de detención, donde no cabía ni un alma más.

—¿Qué quieres decir? —preguntó Gabriel, confundido.

—Pos que los pinches policías gringos prefieren que los mojados se regresen, pero antes los asustan. Les dicen que si los vuelven a ver los chingarán bien —respondió el coyote.

—¿Y si nos atrapan qué debemos decir entonces? —intervino Rafael.

—Pos la neta, primero a ponerse muy triste. Poner la jeta hacia abajo, actuar como medio loco, como que te vas a matar. Luego dices que te quieres regresar. Que nunca más volverás a cruzar el pinche río.

—¿Ponerse como loco? No entiendo —dijo Rafael.

—Es que si estás *crazy* no te van a detener. Te llevan al hospital para asegurarse de que no te vas a suicidar. Luego, las viejas de una iglesia van al sitio y protestan, y una organización de inmigrantes llega con un abogado. Se arma un pinche desmadre.

—¿Y será buena idea que lo lleven a uno al hospital?

—Pos la neta, carnal, dice que hay gente que ya no aparece luego de ir al hospital —dijo el coyote—. La mera verdad. Pos yo nomás digo lo que es, güey.

—¿Qué hacemos entonces?, ¿ya es hora? —preguntó Gabriel.

—Sí, ya mero…llegan cinco más y cruzamos.

Cruzar significaba vadear el río Bravo desde Nuevo Laredo (ese era el nombre del río del lado mexicano) y llegar hasta el otro lado, en la parte texana de Laredo. Allí le llamaban río Grande a ese flanco de agua, ese río nada caudaloso, pero bien resguardado por perros guardianes y policías con binoculares infrarrojos que permiten ver a quinientos metros de distancia y en total oscuridad. Cruzar no lleva más de media hora, pero, a veces, tomaba días, semanas, meses o años hasta hallar el momento más propicio. Algunos esperan toda una vida y no lo logran.

Los coyotes viven de eso, de gente que logra cruzar y también de los que regresan, pues que hay darles comida y cama. Eso cuesta un dinero extra.

De ese modo fue como cruzaron. Se metían debajo del agua y aguantaban con una mascarilla de buceo de color negro. El coyote, acostumbrado a cruzar por abajo del agua, percibía una mínima luz en la superficie. Era la patrulla de frontera con sus linternas. Cuando se iban hacia otro lado ellos avanzaban con precaución: "Arriba culeros, abajo pendejos que los atrapan".

Todo iba bien hasta que sintieron la llegada de unas camionetas al borde del río Grande. Las luces de estas iluminaron el lugar. Todos huyeron en estampida, con ojos de murciélagos asustados. A algunos los agarraron en el agua, a otros en la orilla. El coyote, conocedor del sitio, buscó una parte honda del río y luego todos lo perdieron de vista. Gabriel y Rafael llegaron al lado del Laredo estadunidense.

¿Dónde está Rafael? La puta madre, hermanito. ¿Y si regreso a buscarlo? Qué vas a regresar. ¿Qué vas a hacer si los atrapan a los dos? Cruza y con un trabajo al otro lado ya juntas plata, el coyote dijo que igual los deportan a México y que muchos se quedan a vivir. Mierda, están todavía por allí. Corre, Gabriel, corre y no pienses. Corre… Mierda, mi pierna, mi pierna…

Gabriel corrió tanto como pudo. Buen rato después, sintió que los había perdido. Miró entre los matorrales y vio la luna llena esconderse bajo una neblina densa en extremo. No era una noche fría para ser noviembre. "Texas parece el infierno", le había dicho el coyote cuando estuvieron en el lado mexicano, ese lugar tan transitado que era Nuevo Laredo. "Si no tuviéramos borde con Estados Unidos, nadie vendría por estos lugares", decían sus mismos habitantes.

A lo lejos, escuchó el aullido de lobos y luego ladridos de perros. "Seguro son los policías", pensó, pero cada vez los ladridos se difuminaban. Al rato, solo escuchaba el silencio nocturno: los grillos, los insectos, los búhos.

Caminó por los matorrales en dirección opuesta al lugar de donde venían los ladridos. El dolor en la pierna se agudizó.

Llegó hasta unos arbustos con esfuerzo. Allí quedó horrorizado. Le pareció mirar una silueta. ¿Acaso era la silueta de una mujer? ¿Y qué hacía ella en aquel sitio casi a la medianoche? Iba a alejarse a toda prisa cuando la mujer volteó.

—Acabas de cruzar, ¿no? —afirmó ella, con una voz cautivante.

—No, estuve tomando con unos amigos y vine a… vomitar… y me perdí.

—Vamos, amigo. No tienes por qué mentir. ¿Acaso parezco policía?

Gabriel se paralizó. ¿Y si era un ardid para atraparlo? Se miró las ropas y la sangre.

—Usted está herido. Si vas a intentar correr así, no vas *llegando* muy lejos. Te lo aseguro.

—¿Y quién eres tú, un ángel de la guarda? —dijo Gabriel con sorna y frustrado por el dolor en la pierna. Pero al instante advirtió que la mujer tenía razón. Herido como estaba, no podría correr.

—¡Sígueme! Ven. No soy *el* ángel. Soy activista y ayudamos a la gente *por* cruzar.

—¿Cómo es que hablas español? Tienes acento, pero hablas bien —preguntó Gabriel, desconfiado.

—Mi padre es americano, de Texas, y mi madre mexicana. Soy chicana cara de gringa —dijo sonriendo y empezó a caminar hacia el lado izquierdo de los matorrales. Sin opciones y adolorido, Gabriel la siguió.

Había un descampado y muy cerca una camioneta roja.

—Es mi auto. Yo tengo un *band aids,* vendas para tus heridas.

—Gracias, ¿Y luego qué debo hacer?

—Luego veremos. Yo *llamar* a alguien del grupo para que ayuden. Quizás vas a ir a *la* hospital.

—Es un simple rasguño —aseveró Gabriel.

Llegaron hasta la camioneta roja que era algo grande. Ella abrió la puerta de prisa.

—Siéntate y *levante* su pantalón —le ordenó.

Gabriel intentó, pero el pantalón no era muy holgado y el dolor le molestaba cada vez más.

—Déjalo. No tocar la herida —dijo la chica y con una tijera empezó a cortar el borde del pantalón hasta la rodilla.

—Gracias…

—Keyla… mi nombre es Keyla

—Soy Gabriel… Mi hermano… mi hermano se llama Rafael. Nos separamos…

—Shhh. Lo siento. Luego me dices. Voy a echarte alcohol con *una* poco de agua para no arder tanto. Arde mucho… muerda *esta* pañuelo.

Gabriel soportó el dolor lo mejor que pudo. Sus ojos lagrimearon.

—La herida no es muy *profundo*, pero es un corte un *poca* largo. No vas a necesitar…¿sotura? —dijo ella mientras limpiaba la herida con cuidado.

—Sutura—dijo él.

—Algunas palabras son *complícate* ¿complicatas?

—Complicadas.

—¿Ves que soy gringa? No hablo tan bien —confesó ella y sonrió dejando escapar unos hoyitos en las mejillas.

—Hablas bien. Gracias por ayudarme.

—De nada. Un poco más, un poco más. *Poor thing* —dijo ella mirando la herida, mientras terminaba de limpiar la sangre con sumo cuidado.

Puso una gasa larga, luego una venda y la aseguró con unos ganchos.

—Gracias. Gracias… Ke … Ka…

—Keyla, Keyla.

—Quédate en el auto. Voy a llamar a alguien de mi grupo para llevar *a ti* a un refugio.

—Gracias. Mi hermano. Necesito encontrar a mi hermano.

—Lo siento. Es *probably* que han atrapado *su* hermano.

—Oí que gritaba. Mi hermano…

—*Maybe* quizás estaba nervioso. Pobre. Lo siento. Puedo hablar con mi grupo. Yo creo que la policía atrapar a tu hermano.

Gabriel se recostó en el asiento del auto. Los ojos se le caían, pero no deseaba dormirse. Keyla había sido amable, pero no la conocía, debía desconfiar. Debía estar alerta.

—Voy a llamar y fumar un cigarro.

Gabriel la miró a los ojos con detenimiento. Era una chica muy guapa, reparó. De blanca palidez, pero de rostro afilado, intenso. Ojos azabaches y grandes. Nariz larga y recta. Labios pequeños, carnosos. Delgada pero simétrica. Tenía una mirada intensa y una sonrisa indescifrable.

—Duerma tranquilo. Ya vengo —dijo y salió del auto.

Aunque estaba muy exhausto no deseaba dormir. Aún desconfiaba de la extraña. Sus párpados se caían como el telón de un acto que se cierra, implacable y definitivo.

De pronto se abandonó al descanso. Le parecía que ella hablaba por teléfono. Luego de eso se desvaneció.

Empezó a soñar. En el sueño ella regresaba. Su rostro lucía más afable, más sensual. Ahora, él apenas sentía el dolor en la pierna. En el sueño, en plena luna llena, ella le confesaba que había amado mucho tiempo atrás, pero que algo terrible sucedió. Su novio era de México y cruzaba la frontera dos veces al año. Para los locales cruzar era más fácil. Conocían de memoria el río Grande o río Bravo y los matorrales. Ella iba a verlo una vez al mes. Pensaban casarse, pero algo le pasó en la frontera y lo atraparon. Nunca más lo volvió a ver. Fue una noche de luna llena.

"Es raro lo que te voy a decir, Gabe. ¿Puedo decirte Gabe? Se parecía mucho a ti. Te juro que se parecía mucho a ti".

De pronto, ella se aproxima y se sube encima de él cuidando no tocar la pierna herida, aunque parece que él ya estuviese curado. Con los brazos delgados y firmes, ella lo abraza como envolviéndolo. Gabriel baja las manos y se percata de las caderas perfiladas que se mueven invitándolo al goce. Entonces se besan con deseo. Gabriel empieza a sentir calor. Ella le desabotona la camisa. Lo besa en la oreja y luego explora su cuello. Y en ese ritual erótico de seducción, él se deja llevar. El calor lo envuelve aún más. Cierra los ojos. Ambos se sienten, se besan, se exploran. Y ella sigue allí cerca de su cuello. Gabriel siente placer y calor. Un calor profundo en el cuello. Tan real, tan real... tan...

—¿Gabriel, estás bien? Despierta. Tenías fiebre. Has dormido más de una hora.

—¿Dónde estamos? —preguntó, confundido. Estaban en una pequeña avenida. Al frente había una suerte de restaurante que decía *Dinner 24 Hours*.

—Estamos en Laredo. El Downtown. Pensé en llevarlo *a la* hospital, pero usted dormirse más calmado. Tengo malas noticias. Lo siento —se disculpó Keyla.

—¿Qué más puede estar mal? Al menos la pierna ya no me duele mucho —dijo Rafael.

—Mi compañero de trabajo *tuve* una emergencia familiar y no *poder* venir. Y el refugio está lleno esta noche. Mañana por la mañana, a las siete, dan desayuno y puedes estar en el edificio mientras vemos si hay cama.

—¿Qué es lo malo entonces?

—Que tendrás que esperar hasta mañana. Lo siento, no tienes dónde quedarte. Ese café *estar* abierto las veinticuatro horas. A nadie *lo* importará si comes algo allí y te quedas dormido un rato. Pronto amanecerá.

—No hablo casi nada de inglés.

—Allí todos hablan español. Toma —la mujer le alcanzó veinte dólares.

—Lo siento. No puedo aceptarlo. Son veinte dólares.

—Veinte dólares aquí no *son* nada. Comerás desayuno y solo tienes dinero *por* un café a la mañana. Lo siento no hay nada más que yo *pudiendo* hacer. Toma esta bolsa. Hay un camisa y un pantalón. Son usados, pero limpios.

—Gracias... no sé cómo pagarte todo esto.

21

—Es mi trabajo. Mañana vendré a las 6:30 am. Si no llegar a las 6:30 decirle a la *server*... a la mesera que quieres usar el teléfono. Aquí *estar* mi tarjeta y mi celular. Soy Keyla Drak.

—Eres un ángel. Dios te bend...

—No lo soy —corrigió ella y sus ojos se humedecieron.

—Gracias —dijo Gabriel abriendo la puerta del auto.

—Lo siento—se excusó ella, mientras Gabriel se dirigía al *Dinner 24 Hours.*

Al ver todas las mesas vacías, Gabriel escogió una cerca a la ventaba. Pediría un café y algo de comer y mientras preparaban la comida iría al baño a cambiarse de ropa. Vino la mesera con cara amable, pero con el rostro cansado a causa de la mala noche. De esta noche y de muchas otras noches con y sin luna llena.

—¿Café y la especialidad de la casa salchichas y Hash Browns?

—Sí, lo que sea. Café bien cargado y caliente.

—Señor, ¿desea un *band-aid*? Tiene un poco de sangre en el cuello, en la camisa. Voy por el café.

Entonces Gabriel se percató de que tenía desabotonada la camisa hasta el pecho y sintió el cuello caliente. Pasó sus manos y percibió cómo se humedecían. Miró sus dedos y descubrió gotitas de sangre. Un remolino de ideas sacudió su cabeza. Mareado, buscó la tarjeta en la camisa. Keyla Drak, se leía. Balbuceaba ese nombre. *"Keyla... Drak... Drak... Drak... Keyla... ¿Drak... Keyla? ¡Drákula!".* La mesera ya volvía con el café mientras él sentía desvanecerse. Cayó atrapado como en un sueño. Y en plena luna llena.

2.
La mansión M
(Morella)

La muerte de una mujer hermosa es,
sin lugar a duda, el tema más poético del mundo.
Edgar Allan Poe

Aún hoy, pese al transcurrir del tiempo, sigo atrapado en mis recuerdos y en la fatalidad. Clarice y yo éramos felices en la casa cerca al acantilado. Quizás hasta hoy lo seríamos si no fuera porque la desgracia llegó esa noche desmoronándolo todo. Hoy, en vano intento olvidar. Quisiera dejar el pasado allí escondido en algún lugar de la memoria, pero resulta imposible porque, al mismo tiempo, me aferro a ese último momento en que la vi: sus ojos negros, sus labios rosados y pequeños y sus brazos delicados que me esperaban pese a mi brutalidad e insania.

Pude ser feliz por el resto de mi vida, pero llegué a la mansión M. ¿Por qué el ser humano tiende a destruir a lo seres que más nos aman? ¿Por qué nos sentimos inclinados a hacer maldades y las perpetramos aunque sabemos que no deberíamos hacerlo? Ah, no entiendo por qué hasta despreciamos a quienes nos aman y nos ponemos de rodillas ante aquellas personas que nos humillan y destruyen.

Clarice y yo éramos felices hasta que llegó ella, mi sombra, una mujer enigmática, ojos de fuego, cabellos largos y oscuros como yegua salvaje. Bella pero indomable. Bella y cruel hasta el límite de matar en mí toda posibilidad de redención.

Morella llegó a la ciudad desde algún lugar de Europa. No se sabía con precisión si había nacido en los Apeninos o los Alpes, pero había vivido en Roma, en Suiza y en varios lugares de España. Su manejo del español era impecable y hubiera podido pasar por ciudadana de aquel país. Incluso, para ser más específico, del País Vasco pues dominaba aquella lengua extraña y antigua que es el euskera.

Fue justo a raíz del euskera que nuestros caminos se encontraron en el Club Social de la ciudad. Yo era asiduo *habitué* y un gran animador de las tertulias literaria los viernes por la noche. Y fue un viernes cuando nos presentaron. Morella tenía un cigarrillo larguísimo en los dedos y mi reacción inmediata fue sacar mi encendedor de oro con el escudo familiar grabado en él.

—*Milla esker, lagun* —me dijo ella, atenta, pero de manera impersonal.

"De nada, aunque no tengo el gusto de ser *su* amigo", dije y ella se sorprendió. "Morella", dijo ella, extendiendo su mano, la cual besé con delicadeza. Me presenté: "Miguel Aramburu". Pronuncié el golpe de voz en la penúltima silaba y no en la última como por error hacían muchos en la ciudad.

—¿Vasco? —me preguntó ella.

—Mis abuelos eran de Bilbao y de Gernika.

—Gernika. Pobre ciudad. El bombardeo.

—En efecto. Mis abuelos huyeron de España.

—Y aun así, uno nunca puede escapar de la desgracia…

—La vida —respondí.

—Me dicen que usted es escritor, y uno muy bueno.

—La verdad, eso no lo puedo aseverar.

—Necesito que un escritor grabe mis memorias. Me gustaría hablar con usted sobre eso.

—Disculpe, señora mía. No escribo libros por encargo.

—¿Por lo menos escucharía mis historias y aceptaría un café?

—Bueno, ¿cómo negarme? Si me da su dirección mi chof…

—No, mi chofer irá a buscarlo mañana a las siete en punto. No se preocupe por la dirección que Vlad la sabrá conseguir. Miguel Aramburu es alguien conocido en la ciudad.

—Eso parece —dije sin ocultar vanidad.

—Señor Aramburu, me retiro —dijo Morella y estreché su mano de nuevo.

Posé mis labios sin intención y luego ella se retiró.

Al rato vino uno de los mozos y me preguntó si me sentía bien.

—Gracias, Gastón. Me siento de maravilla —le respondí—. Tráeme una botella de champagne.

—A la orden, señor don Miguel.

—Miguel, ¿estás bien? —me preguntó su colega Martín Llosa.

—¿Pero qué les pasa a todo que me preguntan si estoy bien? Estoy espléndida y magníficamente bien.

—Es que estabas hablando —dijo el crítico Julián Ribeyro cuando llegó el mozo.

—Disculpen la interrupción. Don Miguel, su champagne.

—Gracias, Gastón. Y dos copas más.

—Lo que usted diga, señor Aramburú.

—Es Aramburu, hijo. Aramburu.

—Lo siento, don Miguel.

—Ve tranquilo. Toma este dinerillo. Eres mi mozo predilecto. Lo sabes.

—Es usted muy gentil, don Miguel —dijo el mozo y luego de hacer una venia se retiró.

—Bueno. Decía que estabas…

—¿Les conté de mi nueva novela? —pregunté.

—No, creo que no —dijo Julián.

Entonces hablé entusiasmado sobre mi nuevo proyecto. Cuando terminé, el champagne se había consumido en su totalidad y ya era más de la medianoche. Pasé a retirarme. La noche transcurrió tranquila.

Por la mañana desayuné con Clarice. Le comenté de mi reunión con madame Morella. Mi vida social y literaria era constante, por lo cual no me hizo mayor comentario. Me dijo, un poco angustiada, que no había dormido bien y que había tenido una pesadilla con cuervos que se reían de ella. "No es nada, amor", le dije.

Pasé todo el día escribiendo. Luego del almuerzo, tomé mi siesta a las tres como de costumbre. A las cinco de la tarde empecé el ritual de alistarme: me rasuré con navaja, algo que hago a la perfección, aunque aquel día me hice un corte pequeño en el lado izquierdo de la garganta.

Luego de la ducha, me puse un traje negro, un abrigo escarlata y la bufanda también negra.

El chofer de madame Morella, que aguardaba afuera de mi mansión, abrió la puerta trasera del Impala negro. El auto se fue hacia el este en dirección a las colinas y tomó un desvío rumbo a la carretera 66.

Dos kilómetros más adelante, vi un camino empedrado a la izquierda. El auto entró a ese lugar. La ruta no me era desconocida, pero nunca había visto esa entrada antes. La ciudad estaba creciendo mucho y la gente más adinerada prefería vivir lejos del gentío. Yo vivía en la ciudad, pero mi mansión estaba en un barrio exclusivo, con ingreso privado.

Pese a ser un camino difícil, el chofer subía con destreza. Observaba muchos árboles, peñascos, pero ninguna casa ni personas.

—Madame Morella gusta de la calma y de estar en paz.

—No la culpo. La ciudad es a veces un tanto detestable. Disculpe, ¿de dónde es usted?

—Europa del Este.

—¿De qué país exactamente?

—Don Miguel, hemos llegado. Disculpe que no hable más. Madame Morella me pide que no intime con sus amistades. Sé mi lugar… hemos llegado.

El chofer me abrió la puerta del auto. Al bajar, noté que desde la mansión blanca e inmensa se veía la ciudad. Vista desde lejos y en una noche tan oscura se percibía algo hermoso y macabro a la vez en el panorama.

Como en un cuadro de Fuselli, se revelaba el horror y la divinidad de la existencia.

Madame Morella me esperaba en la puerta.

La cena y el vino estaban servidos. La mesa de madera era larguísima. Ella, sentada en una de las cabeceras, me invitó a sentarme en la otra esquina.

—Vlad, ayuda a don Miguel con su abrigo.

—Por supuesto, madame Morella —dijo el chofer.

—Tome asiento, don Miguel —dijo madame Morella.

—Puede llamarme solo por mi nombre. Miguel…

—En todo caso, usted debería decirme Morella. Simplemente Morella.

—Como guste, Morella.

Vlad sirvió la cena y el vino para ambos. La cantidad de vino y comida para Morella era poco, apenas un simulacro de bebida y alimento.

—Suelo comer muy temprano porque me cae mal cenar tarde —dijo Morella como leyendo mi mirada y mis pensamientos.

Cenamos en silencio y hablamos sobre generalidades. De ciudades y libros. De filosofía y de la vida después de la vida. Morella era una mujer culta en extremo. Sirvieron el postre y entonces Morella habló de su idea del libro.

—Quiero contar mi vida, mi historia. Creo que podría captar la atención de algunos lectores.

—¿Por qué?

29

—Por lo que he vivido y los lugares que he visitado. Muchas ciudades del mundo. Aunque mi vida ha estado ligada a la fatalidad.

—¿Fatalidad? —pregunté.

—Soy una persona sola, sin familia ni herederos. Cuando muera, mi familia morirá conmigo.

—Lo siento mucho. ¿Qué ocurrió con su familia?

—Fallecieron todos. Nunca tuve hijos. Me casé dos veces, pero mis esposos fallecieron también en accidentes. Todo ha sido muy terrible. Desde ese entonces no he querido rehacer mi vida y estoy condenada a la soledad.

—Morella, no diga eso. Es obvio que hubo fatalidad en sus días, pero eso no determina lo que su vida puede ser hoy. Y el futuro. El futuro nos aguarda a todos con proyectos y aciertos.

—Me dijeron que usted tiene una visión muy esperanzadora de la vida. Y vaya que es así.

—Soy trascendentalista en esencia.

—Como Emerson y Thoreau.

—Es una dama muy culta, Morella.

—Es lo único que me queda, los libros y escribir mis historias.

—Madame Morella, usted es una dama muy respetada, de sociedad.

—Y sin embargo sola. Muy sola.

—Con su lozanía y belleza no faltará un pretendiente o muchos.

—Solo quisiera uno. Uno como usted.

—Yo… madame Morella… Usted sabe que yo…

—Lo sé. Usted es casado y quizás por eso ni me ha mirado.

—No diga eso.

—¿Le parezco una mujer atractiva? —me preguntó, y mis ojos me delataron. La hermosura de Morella era casi una fuerza centrípeta que me arrastraba hacia el centro de todo: de la tierra, del cielo y del infierno.

Entonces ella se incorporó y en un segundo pude capturar su belleza. Sus cabellos largos me atraían. Era una medusa invitándome al placer. Ese placer misterioso que arrastra al hombre, aunque sepa que va a caer en el abismo.

Me acerqué a ella sabiendo que no podría poner freno a mis impulsos. Allí radica el placer del mal: el saber que no debes, pero quieres. El saber que todo se derrumbará y, pese a todo, sigues jugando con fuego.

—Miguel… no quiero ser una página más de sus historias. Desde un inicio me pareciste un hombre franco y fuerte. Me gustas mucho, pero no quiero que nos dejemos llevar y que mañana nos digamos "hola" como extraños.

—Morella, me gustas… Me siento muy atraído...

—No quiero solo ser una atracción. Vuelve a casa e intenta pensar qué quieres de mí. Si es solo sexo. Tómame ahora y no me busques más…

—No, no es solo sexo.

—¿Entonces?

—No sé explicarlo… pero es algo muy fuerte. Siento que te necesito.

—Piénsalo. Te estaré esperando aquí mañana a la misma hora. Si no vienes, el mensaje será claro y lo entenderé.

Morella se acercó a mí y me dio un beso muy tierno cerca de los labios. Mi cuerpo se estremeció mientras ella se dirigía a las escaleras.

—Buenas noches, Morella —alcancé a decir.

Vlad apareció de improviso.

—¿Listo, don Miguel?

—Listo, Vlad.

Esa noche, al llegar a casa no pude conciliar el sueño y cuando lo hice fui presa de intensas imágenes en las que Morella y yo nos besábamos.

A la mañana siguiente, fui a jugar golf para despejarme. Al mediodía, volví a casa para almorzar con mi esposa.

Por la tarde, fui al estudio a intentar escribir, pero mi mente era tan leve e insoportable como el éter. Solo pensaba en ella, en Morella.

Esperar a que caiga la tarde se hizo eterno. Cada minuto se alargaba rebelándose a durar sesenta segundos. Nunca un día se me hizo tan tedioso y difícil de sobrellevar.

Mi esposa se fue a eso de las cinco a tomar el té con sus amigas. Luego cenarían juntas. "Llegaré tarde", me dijo y me dio un beso.

Me serví un whisky y cené un poco. Procedí a alistarme.

Al salir de casa, vi a Vlad que, al igual que el día anterior, estaba ya estacionado. Salvo el saludo cordial, no cruzamos palabra hasta llegar a la mansión. No tardamos en llegar.

Me abrió la puerta del auto y volvió a subirse a él. Me dirigía hacia la mansión de Morella mientras sentía que el auto, atrás de mí, se ponía en marcha.

Iba a tocar el timbre, pero noté que la puerta estaba entreabierta. La empujé suavemente. Al pie de la escalera, estaba ella sonriendo y llevándose las manos al rostro. Lloraba.

–Viniste. Viniste.

Me acerqué a la escalera agitado pero resuelto. Morella me ofreció sus labios y la besé. Se separó un segundo para estrecharme su mano. Y dirigió su mirada hacia la escalera de mármol. Mi corazón martillaba furioso anhelando subir con Morella.

Subimos besándonos, ella un peldaño más arriba. Yo la seguía por la escalera que zigzagueaba como una curva sinuosa. Al llegar al último escalón, supe que Morella anhelaba, quizás desde el primer momento en que me vio, unirse a mí, intensamente, en el dulce ritual del amor.

Me abrió la camisa y vio mi pecho en cruz con una mota de bellos blancos en el medio. Una suerte de hostia del mal flotaba en medio de mis pectorales y ella se acercó a comulgar con mi piel iniciando la liturgia de dos cuerpos que se buscan.

Nos arrastramos hasta la habitación y nos despojamos de nuestras prendas: mudamos de piel. Éramos dos fieras territoriales olfateándose, abriendo la boca para morderse sin piedad y entreverarse con los fluidos del amor.

Morella y yo parecíamos que habíamos aguardado el uno al otro por largos siglos.

—Te he esperado desde hace tanto tiempo —me dijo. Abrí mis ojos y la miré. ¿Sería posible que estuviera leyendo lo que pensaba?

—Amor, ¿estás bien? Ven, ven aquí —dijo ofreciéndome sus pechos empinados, apeninos blancos, que culminaban en cumbres palo rosa.

Al acercarme, Morella me atrapó del cuello. Hizo girar mi cuerpo hacia un lado de la cama. Me empujó con vehemencia y se trepó en mí, cabalgándome *ad libitum,* demostrándome con cada galope su fuerza indomable. Su pasión.

Ah, cómo bramaba, agitado, deseando que me diera muerte entre sus brazos.

La luz tenue de la habitación dejaba ver nuestras siluetas y el brillo del sudor, que empezaba a emanar como un rio profundo de placer, de sangre contenida, de amor y de furia. Y no sé por qué, de pronto, misteriosamente, sentí que empezaba a amar y a odiar a Morella. Morella. Morella.

Cerré mis ojos y sentí en mi cuerpo un espasmo de placer hasta llegar a un estado de excitación, hermoso y perverso. Había un aura maligna en la mansión.

Nos recostamos y estuvimos juntos hasta pasada la medianoche. Vlad me llevó a mi mansión cerca de la una de la madrugada. Al

33

subirme al auto me pareció que intentaba decirme algo, pero se percató de que Morella miraba desde un ventanal en los altos y desistió.

Durante el trayecto, condujo nervioso y en silencio.

Al llegar a casa tampoco dijo palabra alguna. Bajé del auto a prisa y le agradecí.

—¿Querías decirme algo, Vlad? —pregunté dándole confianza.

—No puedo hablar. No debo hablar. Don Miguel, tenga cuid... Me voy… Buenas noches.

—¿Dijiste que tenga cuidado? —pregunté.

—No puedo hablar. Don Miguel, usted parece una buena persona. Cuídese. Por favor, no le diga a madame Morella que hablamos.

—Está bien. Descuida. De todos modos, no sé de qué estás hablando.

Llegué a casa y tomé una ducha. Clarice dormía. Salí a la terraza de la biblioteca y prendí un puro. Miré la ciudad oscura, la noche deprimida y sin estrellas, el contraste de los postes de luz. Pensaba en la cara de angustia de Vlad. Morella quizás era muy tradicional y no permitía que su chofer hablara con sus amistades, lo cual no me parecía muy raro. Viendo la mansión de Morella, era fácil deducir que era una mujer adinerada y muy reservada en sus asuntos.

Desperté por la mañana. Me sentía espléndido. Desayunamos café, jugo de naranja y huevos benedictinos. Clarice y yo caminamos por los jardines de la mansión. Planeábamos irnos por dos semanas fuera de la ciudad y así lo hicimos. Estuvimos cerca al mar y aprovechamos todo el día juntos: leíamos, nadábamos o paseábamos en el yate familiar.

Cenábamos, por lo general, comida de mar y bebíamos vino blanco y Rueda, mi predilecto. Hicimos el amor cada noche y nos acercamos más el uno al otro como hace mucho tiempo no lo hacíamos. Quizás era lo que nos estaba faltando. Quizás era yo el que una vez más fallaba refugiándome en encuentros efímeros.

Clarice y yo no habíamos podido tener hijos. El tratamiento que llevó no dio frutos. Luego cayó en una depresión y después llegó la anorexia. Con apenas cuarenta kilos y deprimida, nuestra vida sexual desapareció, así como desapareció la comunicación, pues presa del cansancio, ella caía dormida antes de las ocho de la noche.

Habitualmente me iba al Club Social a beber y jugar al póker con los amigos más selectos. Sabiendo ellos de mi soledad, no faltó quien me dijo que un poco de distracción no me haría nada mal. Había más de una mujer, incluso muy jóvenes, dispuestas a una amistad discreta conmigo.

La verdad, creo que en un inicio fue deprimente mi actitud. Hablaba de mi soledad y alguien me escuchaba, me daba un abrazo y luego estábamos desnudos. Entiendo la imbecilidad de mi actitud. El ritual consistía en hablar media hora, el abrazo de cinco minutos y luego tener sexo.

Luego todo fue cambiando y el orden del ritual se invirtió: sexo primero, conversar cinco minutos y sin abrazo porque ya no me sentía triste. Me sentía un hombre atractivo y admirado.

Estuve un tiempo sumido en una vida de desenfreno, incluso con opio y otras sustancias.

Me estaba destruyendo y decidí que ya era tiempo de parar. No podía seguir viviendo solo para el deleite del cuerpo. Y ahora por fin creía que estábamos volviendo a conectarnos e intenté despejar la mente. Sin embargo, por las noches, al dormirme, el dulce y salvaje recuerdo de Morella venía a mí.

Hubo una noche incluso en que soñé con Morella. Tenía un aspecto cadavérico y lloraba. "Te he esperado desde hace tanto tiempo", me decía. Luego su esqueleto, su dentadura, toda su humanidad cadavérica se desmoronaba frente a mí.

—Amor, ¿estás bien? Ven —me dijo Clarice. Y recordé de inmediato que Morella había dicho las mismas palabras.

Abracé a Clarice, quien se quitó la ropa interior sin preámbulos y me pidió que la poseyera. Siempre tierna y de maneras calmas en la alcoba, esta vez se mostró agresiva y salvaje. Disfruté como nunca lo había hecho con Clarice. Al día siguiente, me sentí agotado como si me hubieran robado la energía.

Al volver a la ciudad, renovado y con una energía extraña, fui al casino y me di con la sorpresa de que Martín Llosa, mi amigo, estaba cenando con Morella. Me acerqué con naturalidad a saludarlos. Morella apenas me miró. Yo la había extrañado tanto.

—Bueno, ¿deseas cenar con nosotros? —preguntó Martín.

—O puedes venir a casa a cenar con nosotros mañana.

Martín sonrío y tomó la mano de Morella, algo nervioso. Ella en cambió agarró la mano de Martín con firmeza.

—Solo venía a tomar una copa. He cenado ya —dije, aturdido, y me fui a un lado del bar desde el cual no podía verlos. Pedí bourbon. Un grupo de amistades bebía, entre ellos Julián Ribeyro.

Tomaba en silencio cuando se acercó Julián.

—Estás así por Morella, ¿verdad?

—No seas ridículo. No tiene asidero lo que afirmas.

—Miguel, amigo. Te conozco. Eres demasiado orgulloso para reconocerlo. Los tres somos muy buenos amigos. Desde que Martín enviudó estamos más unidos. Sabes que la muerte de Berenice fue terrible.

—Lo sé. Berenice y Clarice eran también muy cercanas. Se querían mucho.

—Por eso mismo. No puedes estar molesto con Martín. Ah, te cuento que Morella estuvo preguntando por ti. Pensó que algo te había ocurrido y se veía alterada. Entonces le tuve que decir que estabas bien y que habías viajado con Clarice. Se puso peor….

—Entonces ella tuvo cel...

—Sí, sintió muchos celos.

Sonreía con aire de triunfo. Morella sentía algo por mí. Solo tendríamos que hablar a solas y ella volvería a mí. Martín era un gran amigo, pero no podía ser mi rival. Eso sí no lo toleraría. Bebí más bourbon. *Me prefiere a mí. Sé que me escogerá a mí.* No sé cuántos vasos bebí.

Envalentonado salí del bar y me fui en dirección a la mesa de Martín y Morella.

—Morella, tenemos que hablar en privado.

—Miguel, por favor, ¿puedes retirarte? Ella no desea hablar contigo.

—Tú no tienes ni idea de lo que ella siente por mí.

—Miguel, amigo, respeta a Morella. Respeta su decisión.

—Morella, dile la verdad. Deja de jugar a la mujer herida que se mete con el amigo para causar celos.

—¡Basta! ¿Cómo puedes ser tan bruto? El señor se va y viene cuando le place. Y todos deben rendirle pleitesía. Don Miguel no puede aceptar que Martín, su amigo, se porte como todo un hombre. Usted es un nombre casado, don Miguel. Un hombre casado.

—Maldita sea —dije mirándola con rabia. Martín se paró poniéndose en medio.

Alcé la mano para golpearlo con violencia, pero Martín me esquivó. Por encontrarme tan ebrio, por el impulso, me caí de espaldas y rompí una silla de madera. Gastón vino a ayudarme.

"No me toque que no soy ningún anciano y puedo pararme solo", dije. Todos en el Club Social me miraban, pero nadie se atrevía a decirme una sola palabra. Me respetaban, pero también me temían. Yo era escritor porque podía serlo. Vivía de las rentas familiares, que eran muchas. Las conexiones políticas, militares y empresariales de la familia y el mal temperamento nuestro era conocido en la ciudad. Al abuelo Mikael Aramburu, hombre de negocios, nunca le tembló la mano para despedir a sus empleados, ni para golpear a aquel que le hiciera una mala jugada en el trabajo. Su dinero y el hecho de tener un hermano general y un hijo coronel de la Policía lo hacían intocable. Mi primo hermano Ignacio Aramburu era juez. Chocar con los Aramburu era como estrellarse en auto contra una pared de fierro y concreto.

Martín y Morella se retiraron a prisa. Yo me fui en silencio luego de aquella escena ridícula. Apenas llegué a casa quedé dormido por el alcohol.

Por la mañana, me despertó Clarice llorando. No entendía qué pasaba hasta que, entre lágrimas, me dijo: "Martín. Martín falleció anoche en un accidente de tránsito. Iba con su novia Morella".

—¡Qué dices! No puede ser. Pero anoche… ¿Qué sucedió?

—Dicen que Martín murió en el acto. Morella de milagro salió ilesa. Apenas con unos rasguños.

Me llevé las manos a la frente.

—¿Estás bien? —me preguntó Clarice.

No contesté. Sentía rabia y culpa.

El funeral fue discreto. Morella estaba allí vestida de negro. Pese a tener el rostro cubierto, era perceptible que no había sufrido daño alguno.

Otra persona muerta en la vida de Morella.

Tras el funeral fuimos a la mansión de Martín. Morella era la que atendía a todos como si fuera la viuda, y todos la consolaban como a una esposa.

Me acerqué a darle el pésame. Dejé a Clarice hablando con Julián y su esposa Lenora.

—Lo siento. Realmente lo siento. ¿Crees que en algún momento podríamos hablar?

—Gracias. No es un buen momento, Miguel. No lo es.

—No hoy, mañana quizás… pasado… cuando lo creas conveniente.

—No entiendo, Miguel, ¿de qué quieres hablar?

—De nosotros. Lo que pasó. Quiero explicarte. No estoy bien.

—¿Nosotros? ¿de qué demonios hablas? Tu mejor amigo ha muerto. Ha estado conmigo estas dos semanas todos los días. Me ha cuidado. Ha muerto terriblemente y luego del funeral quieres que hablemos de "nosotros" y de lo que tú sientes.

—Sé que actué mal, pero lo que siento por ti…

—Te das cuenta de que todos han venido a despedir a Martín, menos tú. Vienes con una agenda y *tu* tema importante. Yo empecé a amar a Martín. Me contó lo de su esposa. Lloramos juntos. No avergüences a tu esposa. Respeta la muerte de tu amigo y mi duelo.

Me fui rabioso. En dos semanas, Morella veía a Martín como el hombre perfecto.

La siguiente semana fue solo de rabia y peleas con Clarice. Toda mi ira, mis celos por un hombre muerto (mi amigo) y la imposibilidad de acercarme a Morella me pusieron con un ánimo del diablo. Hería a Clarice con el alma.

Una noche, en la cena, ya ebrio, grité que Morella era la culpable de todo y que iba a pedirle explicaciones. En el fondo, deseaba pelear con Morella, buscaba que me despreciara o que luego de abofetearme me aceptase de regreso. Quería ir a ver a Morella.

—La pobre debe de estar destrozada. Estás ebrio. La esposa de Julián y yo iremos a llevarle flores y un postre mañana. Morella me parece una buena persona y me encantaría ser su amiga. Esta mañana la llamé y me dijo que le encantaría verme.

—Es una víbora. No le creo nada de lo que dice.

—¿Por qué hablas así de ella? Martín la amaba y ella a él.

—¡Morella no amaba a Martín! Es una arribista. Voy a hablar con ella. Me va a oír.

—Estás alterado. El chofer no está. No puedes manejar.

—Iré. Dame las llaves, Clarice. Que me des las llaves, te digo.

—¡No te las daré!

—Maldita seas. Ven aquí.

39

Clarice corrió hacia las escaleras. Quise cogerla de los cabellos cuando se disponía a bajar por las escaleras. Trastabillé. Al evitar caerme toqué la espalda de Clarice, quien empezó a rodar y yo tras ella. Perdí el conocimiento.

Cuando abrí los ojos, observé a un grupo de policías. ¿Cuánto tiempo habría pasado? Clarice estaba en el piso y su celular a un costado.

—¡Clarice! ¡Clarice!

—Cálmate —me dijeron. Era mi primo el juez. Mi abogado también estaba cerca.

—Mi cliente y yo necesitamos hablar a solas antes de que lo interroguen.

Los policías no pusieron buena cara, pero allí estaban el juez y el coronel. Nos permitieron ir a mi estudio.

—Miguel, lo que ha sucedido es un accidente. No podrán acusarte de asesinato. No hay causal ni problemas maritales, ni fortuna sospechosa en disputa. No hay nada.

—Pero Morella…si lo de Morella se hace público…

—Tener sexo con alguien no significa que quieras matar a tu esposa.

—En ese momento tenía tanta rabia que creo que la empujé.

—A ver, Miguel. Los Aramburu no son asesinos. Son de todo: implacables, temperamentales, pero no asesinos. Ustedes no son gente vulgar. Recuerda que tener a alguien acusado de homicidio destruiría la reputación de tu familia y una mancha en mi carrera de abogado.

—Nuestros enemigos aprovecharían esto para golpearnos. No me darán el juzgado que quiero.

—Un familiar asesino arruinaría mi carrera policial. Mi retiro sería intempestivo.

—Ya sin poder, si vas un día a la cárcel, serás un blanco fácil para los que nos tienen jurada su venganza. Contratar a un sicario que ya tiene cadena perpetua es muy fácil.

—Todo ha sido un accidente. Saldrás a declarar y dirás eso. Tienes que decir eso.

—Lo primero que harás es salir y llorar. Por Clarice, por Martín. Llora por la pobreza que te espera si te hallan culpable. La familia de Clarice es muy influyente también. Te dejarán sin nada y buscarán venganza. Como abogado y como amigo de la familia, te pido sensatez.

Y entonces salí para dirigirme con los policías hacia la estación. Afuera, me encontré con el flash de los fotógrafos y con voces furibundas que me gritaban asesino. No sé si era mi imaginación, pero muy atrás, al pie de un árbol frondoso, casi como un cuervo agazapado, me pareció ver a Morella. Desde lejos, pude sentir la fuerza de sus ojos de fuego.

3.
Labios carmín en Bilbao

Oigo los tacones lejanos aún, pero mis sentidos agudos y punzantes me permiten distinguir la fuerza de unos muslos diáfanos y firmes, propios de la lozanía de quien camina por la fuerza de la juventud o por largas sesiones de *cross fit*. Se acerca el momento de ejercer este ritual. No sé cuánto tiempo más podré odiar y amar esto. No sé si será un día o mil años. Solo sé que nada se recibe sin haberlo realmente deseado. "Nihil volitum quin praecognitum" (nada es deseado sin ser antes conocido) decía Unamuno el vasco. Es evidente que tenemos que conocerla primero y luego desearla.

Habrás oído esas leyendas urbanas de los noventa que a mí me parecían ridículas. Sí, esa historia trillada de la mujer sensual que te seduce o se deja seducir y luego de tener un encuentro apasionado, luego de los embates del amor, luego de la liturgia de los cuerpos, quedas por poco aniquilado. Y despiertas por la mañana, te aproximas al espejo y lees: "Bienvenido al mundo del sida".

Ja, ja, ja. Me parece una imbecilidad. No digo que estos encuentros y el sida no sean reales. Existen, pero de allí a que alguien lo escriba en el espejo con lápiz labial, eso sí me parece salido de una película, pura ficción. Y creo que, aun viéndolo, pensaría que es una obra de teatro sangriento. García Lorca no me dejará mentir.

Sin embargo, preciso contar algo que me ocurrió hace una década, pues aún recuerdo cada momento con Annabel. Cada beso, cada movimiento y cada palabra.

Yo vivía en el Casco Viejo de Bilbao. Allí me había quedado luego de abandonar América por algo que terminó mal. Habían jurado matarme peor que a un perro si no desaparecía de aquel país.

45

Una familia pudiente herida en la moral y por el qué dirán es capaz de todo. Y, bueno, hui con el rabo entre las piernas, aunque no pude salvarme de la golpiza que me dejó con tres costillas rotas.

Era feliz en Bilbao. A veces, me metía a ver una obra en el teatro Arriaga. Gustaba de caminar por las calles empedradas, por la imponente basílica de la Begoña rumbo al Guggenheim y a otros museos. Tomaba café por las tardes y subía en funicular hasta lo alto. Desde arriba contemplaba la ciudad, la ría, el estadio del Athletic: la catedral.

Era feliz en la plaza Unamuno, en los bares. Me gustaba echarme una copa en el café Vía de Fuga, donde alguna vez presenté un libro.

Ya aquí me dediqué a lo mío: escribir. Estaba en varios talleres. A veces iba a Donostia y a otros grupos de lectura. También a Santander.

Me hice de un nombre en los grupos y clubes de lectura. Luego empecé a publicar, primero en revistas literarias pequeñas. Las reseñas de libros (sin pago por varios años) me mantuvieron ocupado. Leía mucho. Conseguí trabajo en un diario local como redactor de policiales.

Mi primer libro de cuentos, que habla de mi vida en el sur y ahora en el norte de España, me dio un poco de exposición. "El sudamericano" me decían y recordaba esa palabra "indiano" usada tantas veces por Duque de Rivas en *La fuerza del sino*.

¿Qué fuerzas del destino me obligaron a vivir de esta manera? ¿Por qué sucumbía ante la belleza y estaba atrapado en un cuerpo sin alma, raciocinio y exento de decisiones humanas?

Mi vida cambió cuando gané ese concurso de novela dotado de un premio pequeño y con la posibilidad de la publicación en una editorial no muy grande, pero que gozaba de prestigio.

Por suerte tenía un editor honesto, algo difícil de encontrar en el mundo de la literatura. Ese mundo de ratas en el que solo te buscan cuando necesitan algo. Eso lo sentí tras estar unos años en la literatura. Mi editor decía que lo trataban muy bien solo cuando alguien quería ser publicado o cuando le recomendaban para que publicase a un amigo.

Y el asunto era peor durante la Feria del Libro. A él, que era amigo del director de la feria y a este último, los invitaban a almorzar. Y como a la chica guapa, que acaba de terminar el postre invitado, le anuncia el "generoso" macho que desea ser su novio, esposo, amante o que anhela llevarla a un lugar más íntimo "para conversar". Al editor y al director les ofrecían de todo previo a la feria.

Y el acoso al director, que por desgracia era también autor, rayaba con lo ilegal: regalos, sugerencias para invitar a tal o cual autor, auto-invitaciones, invitación a autores que apenas si tenían un libro, autores que solicitaban ser invitados una segunda y tercera vez con el mismo libro de hacía cinco años, regalitos en dinero para dar ciertos reconocimientos literarios durante la Feria.

Al director de la Feria lo rodeaban como moscas al excremento, pero luego del festival, todos, salvo uno o dos, desaparecían.

El editor, honesto, también me dijo que había una editorial en Madrid que deseaba publicar mi novela. Le pregunté qué se hacía en esos casos que ya la habíamos publicado aquí en Bilbao y me explicó que el libro había sido distribuido solo en Bilbao y cinco pueblos a la redonda. "Si sales en Madrid te leen en todo España".

—¿Y tú? ¿Y la edición que publicamos aquí? —pregunté.

—Al vender los derechos, ganamos todos, pero sobre todo tú. No hay manera de que venda en libros lo que ofrecen en Madrid. Te va a abrir muchas puertas.

—¿Pero entonces como crecerá la editorial?

—Mi editorial nunca crecerá. Nunca surgí para crecer en grande. Quería promover a autores locales. Bueno, tan mal no lo estamos haciendo.

Dicho esto, me hizo firmar unos papeles. Luego de seis meses, mi novela circulaba en todo Madrid.

Estuve en Madrid un par de semanas, en lecturas, pero siempre volvía a Bilbao. Allí fue que me dediqué a estar en compañía de mujeres hermosas. Allí fue que conocí a Annabel. Allí, en las callecitas de Bilbao.

Todos los viernes salía por la calle Viktor Kalea, pasaba por la tienda del Athletic, por Gorostiaga, donde compraba sombreros y txapelas (boinas), con rumbo a la plaza Unamuno. Bilbao es un pañuelo. Allí todos por lo general se conocen, aunque llegan a Bilbao de otros pueblos: desde Donostia, de Vitoria Gasteiz, de Pamplona, sin contar a los turistas que vienen desde cualquier lugar de Europa.

Annabel era una de esas turistas. Vivía en Saint Jean de Luz, aunque me dijo que era de Hendaye. ¿Cómo es que me acuerdo? Porque en Hendaye vivió Unamuno en el exilio. ¿Les parece poco mandar al exilio a un ser humano, a un genio, cuando hay subnormales que viven de lo más bien en las calles del mundo?

Esa noche la vi bajar y salir del metro por la plaza Unamuno. Aun con el ruido de la ciudad: las voces, los automóviles, la música que provenía de algún lugar, sentía los tacones decididos. Hizo una pausa, sacó un cigarrillo y, no bien se lo llevó a los labios, alguien le acercó un encendedor. Fue allí cuando vi (maldita sea la hora en que mis padres se revolcaron en un lecho) a la mujer más seductora y sexual que alguna vez tuve frente a mí.

Y entonces supe que tenía que acercarme, porque si pasaba diez minutos alguien ya estaría abordándola para invitarle una copa, luego otra y empezaría a seducirla.

Ella caminó hacia los bares, al lado del metro. Yo, a corta distancia, sentía sus tacones seguros, los muslos cincelados a perfección, muslos fuertes, espartanos, atrayentes. Se detuvo un momento, quizás para maquillarse. Había gente detrás de ella, parecía que posaba para un escultor.

Me acerqué decidido como el cazador que soy, sin que me temblara nada. La saludé. Ella me miró de soslayo. Supe como siempre, al empezar el ritual, que no me rechazaría.

Mi camisa ceñida mostrando los bíceps cerca de reventar, el pectoral hinchado, ora por los ochenta kilos en la barra olímpica y la prensa de pectorales, ora por la creatina en polvo y algunos esteroides también. Traía la barba y el pecho rasurados. El jean muy ceñido revelaba mis pantorrillas y piernas de gladiador. Mostraba los brazos también rasurados, las espaldas anchas. El estómago firme y cada abdominal hecha a perfección en el gimnasio con cuatro diferentes tipos de ejercicio.

Se sentó en una mesa del Bar Unamuno y miraba de costado al fumar. Parecía que miraba a la nada como ignorando a quien tuviera al frente.

—Hola. Soy Vladimir.

—Ah, eras tú…

—¿Yo qué?

—El que me estuvo siguiendo. Me llamo Annabel.

—¡Qué! ¡No te he seguido!

Entonces ella sacó el espejo y se puso un poco de labial de color carmín.

—Una puede maquillarse y también mirar —dijo Annabel.

—¿Te puedo invitar una copa? —pregunté evitando mostrarme sorprendido.

—Un Rueda, por favor.

El mozo vino a atendernos.

—¿Qué vais a pedir?

—Un Rueda, una cerveza y… tapas.

—¿Cuáles?

—Sorpréndeme que tengo un hambre voraz —dije.

—¡Y yo! — dijo Annabel, y empezamos a reír cómplices.

Estuvimos callados un rato hasta que llegaron los tragos y el picoteo.

—De verdad que tengo un hambre voraz. Intentaré comer como gente.

—Yo también tengo un hambre criminal —dijo Annabel.

Bebimos un poco más. Teníamos cosas en común: el fútbol, la música y la literatura. ¿Se podía pedir más?

Eran la seis. La hora del crepúsculo.

El alcohol había hecho mella en ambos. Me disculpé por haberla seguido.

—De verdad, lo siento. No quiero que pienses que soy un *stalker*.

—No pasa nada. Además, yo te vi venir desde que salí del metro. No estarías aquí si no quisiera…

—¿Desde el metro? —pregunté riéndome de mí mismo.

—Te repito (sonrió) que una puede ponerse el maquillaje y también mirar hacia atrás, vigilar su entorno.

—Bueno, eso parece. Pero, de todas las personas que he visto hoy, has sido tú la que he escogido.

—¿Y no crees que yo hubiera podido tener esta noche a cualquier hombre? ¿Lo crees? —dijo y reclinó el cuerpo hacia atrás mostrando unos pechos vigorosos, aun notorios bajo el suéter.

—Sí, evidentemente que sí —respondí.

—Entonces quizás yo te he escogido a ti, entre los miles de mortales.

No hubo necesidad de decir más. Nos fuimos a mi pensión en Viktor Kalea. Destapé un Rioja que tenía a mano. Y nos dejamos llevar.

Desde el inicio parecía que ella me había escogido a mí porque buscaba ávida los botones de mi camisa. Luego siguió con rapidez certera hasta mi bragueta. Nos desnudamos a prisa. Puso sus manos sobre mi pecho y me recostó de espaldas sobre la cama. Sacó un preservativo de su cartera. Antes de que pudiera intuirlo, Annabel, en el ritual más rápido y hermoso que haya visto, me colocó el condón con los labios.

Segundos después, me hallaba mirando el techo. La ninfa más divina del universo me cabalgaba. Me había escogido a mí, lo supe. Annabel me había atrapado en un juego de seducción en el que no podía imponerme y actuar como el semental que juraba ser. Yo estaba sufriendo las deliciosas embestidas de una fiera. El cazador, despojado de reacción, intentaba reponerse y tomar el control como siempre en cada ritual. Una mujer cada fin de semana. Sentirse hombre, sentirse amo, sentirse Dios, sentirse de puta madre. Sentirse...

Gemí ante su embestida. Sentí, lo juro al cielo y lo juraría en el infierno, que nunca había sentido un placer similar. Entonces abandoné todo control y me dejé someter como si quisiera pasar el resto de mi vida con ella. Cerré los ojos y me dejé llevar por la fuerza inusitada de un animal más fuerte que yo.

Siempre me he sentido como un animal, un depredador, pero ahora, atrapado bajo sus caderas, sucumbía. Abrí los ojos. En la penumbra, su hermosura parecía irreal, de otro mundo. Su cabello parecía levantarse cual medusa, sus cabellos parecían tempestad o fuego y ella embistiéndome. Sus cabellos asemejaban ser hiedras listas para atarme y yo queriendo asirme para no caer en un abismo y ella acometiéndome. Sus cabellos eran cielo e infierno y ella sometiéndome. Y justo cuando cerraba los ojos, sentí el placer más inmenso que pueda recibir un mortal: el beso de la muerte en el cuello y la promesa del paraíso, de una vida en el más allá.

Así, atado a ese placer carnal, me fui desvaneciendo. Y se me vino la noche porque perdí el conocimiento.

Cuando desperté, Annabel no estaba. En la mesa de noche había un sobre. Pensé que era una carta, pero cuando la abrí encontré doscientos euros. No pude evitar una sonrisa. Al momento, me detuve un poco ofuscado. Fui hacia el espejo donde me pareció notar algunas letras rojas. La leyenda urbana para asustar, pensé. No sentí miedo, pues yo siempre usaba protección al tener sexo. Esta vez no había sido la excepción. Me fijé bien: no decía nada del virus mortal. Era solo la invitación o una sentencia sellada con el beso de la muerte: *"A sanguine hostiae pro aeternum"*.

Miré mi cuello. Tenía dos pequeños orificios, aun frescos, y dos tibios hilos de sangre se bifurcaban como queriendo escapar de un laberinto.

Supe entonces que me habían iniciado como vampiro... No negaré que el placer es intenso y a veces confuso: una bendición y una blasfemia a la vez, una pequeña muerte y una ascensión...

Ahora oigo los tacones lejanos aún, pero mis sentidos agudos y punzantes me permiten distinguir la fuerza de unos muslos diáfanos y firmes, propios de la lozanía de quien camina por la fuerza de la juventud o por las largas sesiones de *cross fit*. Se acerca una vez más el momento de ejercer este ritual. No sé cuánto tiempo más podré odiar y amar esto. No sé si será un día o mil años...

4.
Terapia I

Apenas se sentó en el diván, le pedí que se pusiera cómodo y le ofrecí agua, como era habitual. Se sacó la bufanda y la gorra y lo puso al lado izquierdo.

Cada dos semanas se repetía el ritual. Gerard Montressor era un hombre de buenas maneras, culto en extremo y pedante como él solo. Un hombre de mundo, sin duda, fascinante y mujeriego empedernido. Era por ese motivo que venía a mi consulta. Estaba harto de la vida que llevaba y al parecer era muy propenso a tres cosas: la bebida, las drogas y el sexo.

Pero hacía mucho que no usaba drogas y era bebedor ocasional de vino. Muy conocedor y asiduo de las cervezas alemanas.

Pese a bordear casi los cincuenta años se le veía muy fuerte. Quizás con unos ochenta kilos. Su compulsivo carácter lo llevaba a entrenar unos días en clases de esgrima y, en otros, en el levantamiento de pesas. Había practicado artes marciales por muchos años. A pesar de ser un hombre alto y fuerte, conservaba una sonrisa traviesa.

Era escritor a tiempo completo, una rareza por estos días en esta ciudad donde la tecnología y los servicios eran el motor de la economía. Enseñaba en la universidad para poder tener ingresos y escribir con mayor tranquilidad. Afirmaba que a veces las clases eran soporíferas y que le espantaba la falta de sentido común de los estudiantes de hoy.

Los dos últimos meses había sufrido una crisis y se había perdido cuatro días bebiendo en un club nocturno de *striptease*. Había rentado una habitación de hotel a menos de una milla de ese club. Cada noche se había ido a casa con la misma chica: Blondie.

Debíamos hablar de su personalidad compulsiva, incluso de la responsabilidad del dinero. Amparado en los adelantos como regalías de autor, empezaba un ciclo de días tomando y quedándose en algún hotel donde hubiera un bar. La última vez se excedió rompiendo un espejo en el hotel. Los gritos que lanzaba contra la bailarina que lo acompañaba provocaron que ella saliera huyendo.

La policía llegó y lo arrestaron por vandalismo y por alterar el orden público. Los efectivos policiales lo sacaron calmadamente a la calle, pero desde allí se puso a insultar al personal de seguridad.

Sabiendo que podía perder su carrera e incluso futuros contratos editoriales, su abogado intercedió para que solo le dieran trabajo comunitario. El abogado, conocido por todos los jueces del área, se comprometió a que su patrocinado haría el voluntariado en una biblioteca pública y que llevaría terapia para controlar su amargura y ciertos visos de violencia verbal. Por eso había llegado a mí. Tenía que ayudarle a poner fin a esa conducta.

Sin embargo, había unos cabos sueltos. Cuando Gerard Montressor fue al club a disculparse, Blondie había desaparecido. Un evento, aún más extraño, había sucedido con la estriptisera en la habitación.

—Déjame encender la grabadora. Empezamos. Dime cómo te sientes –dije y puse música de relajación.

—Estoy más tranquilo, pero continúo molesto por lo que ha pasado. Hace meses que no bebía de esa manera. No quiero volver a lo mismo. Aun bebido, yo estaba tranquilo. Bastante ebrio es cierto, pero recuerdo con claridad que ella me quiso morder el cuello.

—¿No consideras normal que durante un juego sexual pueda haber mordiscos e incluso arañones?

—Sí, pero esto fue diferente. Muy diferente.

—Explícate un poco mejor. ¿Estás relajado? Te escucho.

—Estoy algo relajado. Estábamos desnudos y ella recorría mi cuerpo desde los pies hacia arriba. Me gusta cerrar los ojos y guiarme por las sensaciones de mi piel, el tacto que una lengua firme provoca en mi cuerpo. Ella subió lentamente y se quedó al medio un buen rato, en el centro de todo. Cerré mis ojos. El placer era delicioso e irresistible. Cuando llegó a mi pecho, mi cuerpo temblaba. Sentí que los bellos de mi piel se erizaban, sentí un chorro de sangre concentrándose en mi sexo. Estaba listo para tomarla, pero sentí algo, no sé qué y abrí los ojos. Y allí fue que la vi con los ojos desorbitados y la boca abierta.

—¿Pudiera ser que ella estuviera excitada también? Imagino que habían bebido…

—Sí, pero esos ojos implicaban otra cosa. Era ese rostro que percibes cuando alguien te va a atacar en una pelea. Sus dientes se veían ligeramente afilados.

—¿Un juego seductor con dientes de vampiro de plástico? Un juego sexual válido… quizás…

—¡Blondie me empujó hacia la cama mientras se acercaba a mi cuello! Ella es una mujer delgada, muy marcada, pero no es muy alta ni aparenta tener fuerza.

—Tú estabas abajo. Quizás estabas muy relajado y por eso te empujó con relativa facilidad. No porque tuviera mucha fuerza sino por la posición.

—¡No! Traté de empujarla de los hombros y ella empujó de regreso. Sentí mucha tensión en mis brazos. Su rostro, sus ojos destilaban rabia por lograr algo, no sé qué. Entonces, al sentir que no podía zafarme, opté por barrerla con una rodilla sobre su estómago. Jiujitsu…

—¿Qué pasó después? Ella cayó y se golpeó con cierta fuerza en el escritorio que estaba al lado. Pensé que se trataba de un robo. No sabía qué más pensar, estaba confundido. Cuando me incorporé, ella se levantó y su rostro ahora lucía más violento. Volvió a abrir la boca. Empecé a gritarle: "¿Qué mierda te pasa?, ¿estás drogada?". Ella no respondía. Dio un paso hacia adelante y retrocedí. Agarré la lámpara que era un poco pesada. Estaba dispuesto a aventársela por la cabeza. En ese momento, sentí que mi vida corría peligro. Escuché voces, pensé que era un plan para robarme. El teléfono de la habitación sonó. Allí fue que Blondie ganó la puerta huyendo.

—¿Qué pasó después?

—Entró un empleado del hotel que vio huir a Blondie, asustada. Me enfurecí. Había sido atacado y el empleado me estaba cuestionando a mí. Allí levanté la lámpara y la arrojé contra el espejo. Luego vino seguridad. Cuando les dije que Blondie me había atacado e intentado morderme se rieron. Me puse peor. Tuvieron que agarrarme tres personas de seguridad hasta que llegó la policía. Presentar cargos era complicado, porque había solicitado los servicios de Blondie. La prostitución, como bien sabes, está prohibida en este estado. El hotel se conformaba con unas disculpas, siempre y cuando pagara los daños causados.

—¿Fuiste a buscar a Blondie después?

—Fui con un amigo policía. No quería problemas. Lo único que quería era quedarme tranquilo. Mi amigo habló con el administrador, quien le aseguró que Blondie no había regresado al trabajo por una semana. No avisó de su ausencia. La llamaron al celular, pero nunca respondió. Se la había tragado la tierra, Dios o el chupacabras.

—Bueno, centrémonos en lo importante. ¿Estás bien? Te daré medicación para la ansiedad. ¿Por qué Blondie? No hablemos ya del hecho, creo que todo ha sido un accidente y debes dejarlo atrás. ¿Por qué una chica de un club nocturno y no una novia o una amiga?

—Debo reconocer que me atrajo Blondie desde el primer momento. Siempre he tenido fascinación por las mujeres rubias. No sé por qué. Recuerdo de niño haberme quedado mirando fotos de Marilyn Monroe y sus películas. Creo que la primera vez que me sentí excitado fue viendo a Marilyn.

—¿Solo te atraía el cabello rubio de Blondie?

—No solo eso. Blondie era interesante. Me dijo que era estudiante de historia. No lo pude comprobar, pero no parecía que mintiera. Sabía mucho de historia medieval, de Rumania y otros países europeos. Usaba un vocabulario propio de una chica universitaria. La lencería que usaba era negra y su maquillaje tenía

58

algo de perverso. No recuerdo por qué me gusta el color negro desde siempre. No sé por qué, pero ahora no recuerdo mucho de mis conversaciones con Blondie. Me gustaría recordar.

—Una opción sería intentar hipnoterapia. El subconsciente recuerda mucho bajo un trance hipnótico. ¿Quieres que lo intentemos?

—Nunca he realizado una sesión de hipnoterapia, pero lo había considerado. Me refiero a que la posibilidad de hacerlo no me es indiferente.

—Perfecto. Pondré música muy relajante. Pondré música que se usa para hipnosis en casos de reencarnación y viajes astrales.

—¿Se refiere a los registros akashicos?

—Estás al tanto.

—Creo en la reencarnación y he leído un poco sobre eso. He hecho viajes astrales también.

—Bien. Pondré la música. Reclínate en el diván. Cierra los ojos y respira. Déjate llevar por mis palabras y toma mis sugerencias como tus propias ideas. Fíjate en un punto, elije un objeto y descansa tus ojos sobre él….mueve la cabeza si te sientes relajado –dije. Gerard asintió. En ese momento detuve la música. Sabía que ya estaba entrando en trance hipnótico. Le pedí que me contara por qué le gustaban las rubias y por qué le gustaban las mujeres con lencería negra.

—Tengo catorce años. Por las noches siempre sueño con una joven rubia. Vestida de lencería…. Humm

—¿Qué pasa?

—Es lencería negra… Sí, es negra. Ella se acerca a mí.

—¿Y?

—Es muy hermosa… es una chica linda. Quiero decirle algo, pero tengo vergüenza… Ella se da cuenta y me sonríe. Se acerca más a mí como si me quisiera besar. Tiemblo. Nunca he besado a nadie. Ella es una mujer… es decir, es mayor que yo.

—¿Qué pasa ahora?

—Se acerca más. Yo deseo que se acerque y la dejo hacerlo. Me pide que cierre los ojos y me da un beso en los labios. Siento algo dulce, tierno. Abro los ojos. Dios mío, dios mío. ¡Es ella!… ¡Es ella!… ¡Fuera de aquí!

—¿Quién es?

—Es Blondie. La persona con la que sueño es Blondie, solo que un poco más joven. Se acerca. ¡Sácame de aquí! ¡Quiero irme!… ¡No! ¡No! Viene por mí.

—Cálmate. Estoy aquí. Soy tu psiquiatra, estás en mi oficina. Estás seguro. Vas a regresar poco a poco. Estoy aquí. Estás seguro, Gerard. Despierta. Regresa a mí.

—Es ella, maldita sea. ¡Por favor, sáqueme de aquí! ¡Mamá! ¡Papá!

Poco a poco, por fortuna, sentí que Gerard volvía a mí. Me alivió puesto que, a veces, hay pacientes que no pueden volver al plano real.

Mientras Gerard volvía en sí, respiré hondo. Me sentía estresada también. Obvio que no se lo puedo decir al paciente. Igual, sentía que había por fin descubierto el motivo de su fijación. Fui al closet frente al diván. Me saqué la peluca negra y la guardé. Volteé agitada y le dije a Gerard que ya podía abrir los ojos. Quería que viera mis cabellos rubios y mis dientes que, afilados, esperaban su cuello sublime y tanto tiempo anhelado.

5.
Terapia II

Al ingresar se sentó en el diván y se acomodó frente a su terapeuta. Estaba un tanto nervioso, pues era la primera vez que cambiaba de psicólogo. Se había sentido cómodo con B, pero a veces surgen cambios inesperados y urge variar de escenario y de gente. El hombre es ante todo un animal de costumbres, y como buen animal hay que saber olfatear y hallar lo que se quiere. Claro, él ahora lo sabe, pero hubo un momento en el cual fue incauto y le ocurrió lo que le ocurrió.

Esta vez fue más cuidadoso, escogió bien. Averiguó quién era ella: su gimnasio, los conciertos y la música que le gustaba. Su tipo de películas preferidas (iba sola), las horas en la librería tomando café (también iba sola). Pensó con sorna: ¿Dará terapia de parejas?, ¿hablaba desde el resentimiento por lo que le había pasado? Luego se decía que no. ¿Acaso la gente hacía mierda a los curas que daban consejos matrimoniales sin meterse un polvo? ¿Podía él cuestionar (sin hacerla mierda) que precisamente ella, que no tenía a nadie (ni amigos, mi novio, ni amigo cariñoso, ni familia) diera charlas de pareja, de relaciones interpersonales? Sí, estaba hablando desde el resentimiento por lo que le había sucedido. Fue un imbécil, cayó enterito en la trampa. Ahora él no era ya ese ser ingenuo con temores. Ansiaba lo que debía ocurrir. Sintió, pese a tener la piel fría, que la sangre recorría su cuerpo, ávida.

—Hola, G ¿Cómo estás?

—Un poco nervioso. Me cuestan los cambios. Pero he visto que tienes buenas recomendaciones.

—Gracias. Es importante ser profesional. Estás en un sitio seguro. La confidencialidad…

—Lo sé. Gracias.

—Perfecto. Empecemos entonces. ¿Por qué has venido aquí?

—Son varias cosas: soledad y un vacío que a veces me agobia.

—¿Tienes amigos?

—¿Si tengo amigos? Vamos, pertenezco al Club Social. Nos reunimos a jugar póker, a cenar, incluso salimos a cazar juntos. Nos sabemos nuestra vida y milagros.

—¿Familia? ¿Alguien importante en tu vida?

—Tengo familia, pero no soy mucho de reunirme con ellos. Los veo cuando tengo la necesidad. No tengo una pareja actual, pero nunca me ha faltado compañía —dijo G categórico.

—Hmmm. Explícame un poco. Dijiste que a veces sentías un vacío, pero por otro lado afirmas tener una vida social —dijo la terapeuta.

—Sucede que uno puede estar rodeado de cientos de personas, pero tal vez nadie te escucha…

—Es cierto. Buen punto. Puedo relacionarme con eso. ¿Cómo te sientes?

—Un poco más relajado —aseveró G.

—Bien. ¿Puedo preguntarte sobre tu vida íntima? Pero si es algo que prefieres evitar ahora, podemos hablarlo en el momento que consideres adecuado.

—No hay ningún problema. Estuve casado hace mucho, pero no funcionó. Por mi culpa. No tuve hijos. Creo que en el fondo nunca he estado preparado para vivir en una relación convencional.

—Casado, hijos, un perro, una casa en los suburbios. ¿Te hubiera gustado todo eso? —interrogó la terapeuta.

—No lo sé. Creo que no. Estuve a medio camino. Tenía el perro que dejaba la casa manchada. Estaba entrenado, pero cuando lo dejábamos solo parece que adrede dejaba la casa mojada y llena de barro.

—Tengo un perro. Son como niños.

—Exacto, pero nunca crecen. No son independientes. En fin… a mí me gustaban otras cosas.

—¿Qué cosas?

Allí empezó G con el plan.

—Para empezar me encanta leer. Tomar un buen café. Escuchar música.

—Eso suena divertido. ¿Qué libros y qué tipo de música te gustan? Tomar café con un buen libro…

—Mi esposa era más de deportes de aventura, kayak, subir cerros…

—Eso también es divertido…

—Lo es, claro, pero jamás un domingo a las 8:00 am o a las 6:00 pm cuando hace menos sol. Los domingos me gusta descansar. Hacer kayak al final del día me dejaba extenuado y de muy malhumor el lunes por la mañana.

—Se puede negociar… una semana sí y otra semana libros, etc.

—Para ella, lo mejor era subir cerros los sábados y los domingos hacer kayak. Todas las semanas.

—¿Y café y libros a veces?

—Ella no bebía café y no leía nada. Se desconcentraba tras leer un minuto y necesitaba hacer deportes. Iba al gimnasio de lunes a viernes.

—¿Quizás con la música coincidían?

—Menos. Yo escuchaba música gótica y heavy metal. Leo libros de horror: Poe, Lovecraft, Shelley, Radcliffe…

—Increíble…

—¿Cómo dijo?

—Nada. Continúe...

—Siento que no son de su agrado los libros o la música a que hago referencia.

—No, al contrario… la conozco.

—¿Ha leído a los autores que le dije? ¿Conoce la música de Iron Maiden, Black Sabbath, Celtic Frost?

—Mi primer título fue en literatura. Me gustan todos esos autores. Shelley también y Hawthorne…

—No puede ser… Hawthorne me encanta.

—En fin…

—Debe ser afortunado su novio o su esposo, sus amigas. Hablar de cosas tan fascinantes… tener cosas en común.

—Bueno… en realidad, no… Disculpe, siga contándome.

—¿No?, ¿qué le pasa a la gente? Si no fuera mi sicóloga le invitaría un café en una librería… para hablar de literatura, de música…

—Entiendo que hablar es fascinante… pero *usted* es mi paciente…

—Solo he estado aquí media hora. Ya no quiero la terapia. Le invito un café… Discúlpeme… sé que la puse en un compromiso… no debí decirle nada…

—Nosotros, por ética profesional, no podemos tener relación amical con ningún cliente hasta luego de tres años de la última consulta… Soy su psicóloga…

—Cómo quisiera que no lo fuera. Solo hemos hablado media hora. ¿Y si ya no fuera mi psicóloga? —dijo él y se puso de pie. Ahora tenía una mirada hipnótica, diabólica, imposible de resistir. Era la mirada de aquellos que están del otro lado, los que han cruzado el umbral. Se acercó a ella sometiéndola con la mirada.

—Gerard… ¿qué hace? Le pido…

Gerard estaba frente a ella. Pese a bordear casi los cincuenta años se le veía muy fuerte. Quizás con unos ochenta kilos. Con casi un metro ochenta se veía imponente, avasallador.

Se acercó más y con sus ojos encendidos, iluminados como antorchas en una caverna, la dejó en trance hipnótico, atrapada en una suerte de sueño mesmérico.

Ella era pequeña, de hermosos cabellos negros. Tuvo que alzar la vista para observar a Gerard. Hubo una lucha por querer volver a la realidad. Su mente era fuerte, pero el trance de hipnotismo llevado a cabo por un ser de otro mundo es imposible de evitar. Entonces sucumbió.

Gerard posó sus labios en los de ella, quien, aun dentro del trance, sintió fuego en los labios, sintió dureza en sus pechos cada vez más firmes. La llevó al sofá y cayeron enredados. Las ropas cayeron poco a poco al piso para dar paso al rito de los cuerpos. La lámpara de la oficina era cada vez más tenue. Afuera empezaba a anochecer. La oficina tenía una ventana que daba hacia un parque. En aquel tercer piso, había privacidad para una sesión y para luego poder ver el atardecer.

Encima de ella, Gerard se veía un coloso. Ella se sentía atrapada, bajos sus fuertes brazos, bajo un torso que la cubría por entero y por las primeras y dulces embestidas del amor. Cuando había ya una sinfonía de silencio en la penumbra de la solitaria oficina, los gemidos armónicos dieron paso a la consumación del ritual mayor.

Gerard abrió la boca, ansioso, mostró los dientes afilados y busco ávido el cuello de su sicóloga, su primera víctima y amante.

Terminado ese extraño juego de seducción y de sangre se vistieron. Ella, aún confundida y ya fuera del trance, preguntó qué había pasado. Él le dijo que todo estaba bien. Que la había iniciado y que, por lo general, de día, ella podría llevar una vida normal, pero que al empezar la noche, tendría sed, una insaciable sed por beber sangre.

"Mira", le dijo él. Y con las uñas afiladas se rasgó al pecho. Acercó la cabellera negra de ella para que posara sus labios y mordiera. Cerca al pecho inmenso de Gerard, ella sintió sus dientes estremecerse al sentir la sangre cerca. Entonces mordió el pectoral y

67

empezó a succionar sangre por primera vez en su vida. Un elixir de sangre siberiana y placer entraba en ella.

—La sangre caliente es mejor, pero esta, el cáliz de mi sangre, te mostrará el camino a ese placer. Deberás buscar desde ahora tu propia sangre.

—No conozco a nadie, Gerard —dijo ella y por primera vez dejó escapar su angustia.

—Lo sé. Te he escogido desde siempre. Te ayudaré.

—¿Cómo? ¿Cómo me ayudarás, Gerard?

—Vamos, pertenezco al Club Social. Nos reunimos a jugar póker, a cenar, incluso salimos a cazar juntos. Nos sabemos nuestra vida y milagros.

—¿Y nosotros?

—Nosotros nos veremos cada viernes como hoy —dijo, y la besó con ternura.

Afuera, ya era de noche. En la copa de un árbol, justo al frente de la ventana, reposaba un cuervo.

6.
Temponauta
(el guerrero inca)

Desesperado y justo cuando lo van a alcanzar para darle muerte, el estudiante despierta aterrado por la misma pesadilla: es un guerrero inca y dos soldados de la Corona española lo persiguen. Ha matado a un soldado de un certero golpe en la frente y casi de inmediato siente un dolor en la pantorrilla. Una serpiente lo ha mordido y en ese instante uno de los soldados intenta darle muerte, pero el guerrero bloquea la espada con su hacha y esta cae al suelo.

Con el veneno de la serpiente invadiendo su cuerpo, el indígena sabe que tiene apenas tiempo escaso para hacer sangrar la herida y expulsar el veneno. La muerte amenaza alcanzarlo y debe correr cerro arriba aprovechando la fuerza de sus pulmones, confiando que los invasores se ahogarán al respirar a tres mil metros de altitud.

Es allí cuando la cacería se inicia. El enemigo español acecha con su espada de doble filo. El joven guerrero corre cavilando si fue prudente iniciar el ataque estando en inferioridad numérica. Sus pulmones llenos de aire aún le dan la fuerza para impulsarse. El viento lo abofetea, pero no lo amedrenta. Sus cabellos azabaches flamean al viento como las hebras de un caballo salvaje, esa bestia extraña traída por los españoles.

La mordedura en la pantorrilla comienza a hacer mella en el inca y siente un tirón. Las fuerzas empiezan a abandonarle y renguea levemente mientras olfatea el respirar jadeante de sus perseguidores. "¡Alto en nombre de la Corona!". "¡Alto en nombre del rey!", le conminan los españoles. Entonces, al ver que no puede correr más, el guerrero saca su maza[1] del cinto y empieza a hacer círculos de muerte alrededor de las cabezas de los soldados españoles que evitan acercarse, impotentes, antes de embestir.

El cielo se torna gris y advierte una lluvia. El guerrero conecta un golpe en el pecho de uno de los soldados españoles y lo derriba. La pechera de hierro amortigua el golpe y evita que el esternón se

---

[1] Vara o garrote con un extremo corto el que se incrustaba una piedra que era la parte contundente para golpear al enemigo.

quiebre. Justo cuando va a rematar al soldado en la cabeza, un hincón infernal paraliza su pierna: el veneno avanza como el río Vilcanota desbordándose con violencia por el resto de su cuerpo. Es en ese fragmento de segundo que el soldado español está por clavar su espada en el pecho del guerrero y este grita como si el Supay[2] lo estuviera arrastrando al infierno, ese lugar horrible y lleno de fuego descrito por los españoles.

Ellos —piensa dubitativo el guerrero— están empezando a ganar adeptos entre los incas porque el dios Inti[3] les ha fallado y están perdiendo la guerra. Tal vez —especula el inca— es posible que el dios de los blancos sea más poderoso.

Es con el grito del guerrero que la pesadilla acaba y el joven una vez más despierta sin entender por qué esta lo persigue. A veces piensa que se ha sugestionado ya que estudia arqueología y le fascina la historia. Su trabajo, después de todo, consiste en buscar vestigios incas en el Cusco. Pero, ¿y si todo fuera verdad? Las pesadillas son tan reales que ya no puede conciliar el sueño y toma pastillas por sugerencia de su sicólogo; suda tanto por las noches que hasta tiene que cambiarse de ropa.

El sicólogo le ha dicho que debe relajarse y que, por supuesto, sus pesadillas tienen que ver con su profesión, con su apasionamiento por la cultura incaica. Después de todo, ¿quién no estaría obsesionado con el mundo andino? Además, asevera el especialista, el orgullo de ser cusqueños, es algo que rebasa al mismo orgullo nacional. Nos hace más especiales, más que cualquier otro individuo peruano, sudamericano o del mundo, dice inflamando el pecho.

En clases, el estudiante ha querido expresar algunos de sus sueños y el sicólogo le ha dicho que si eso le hace sentir bien, pues que lo haga. Intentó hacerlo en una clase y el profesor Soto Quispe le dijo que por favor no hiciera el ridículo hablando sandeces.

---

[2] Supay significa demonio en el idioma quechua, lengua oficial del Imperio incaico.
[3] Inti significa sol en quechua. Los incas veneraban a los astros y el sol era la deidad más relevante en la mitología incaica.

El estudiante intenta relajarse por las noches, pero por más que lo intenta no consigue descansar y cada madrugada, la pesadilla lo visita como un Supay que va a apoderarse de su alma. Al menos —piensa el joven intentando consolarse— siempre logra despertarse a tiempo cuando va a recibir la estocada de muerte.

En una siguiente sesión con el sicólogo, el joven le pregunta al especialista si puede auto sugestionarse para vencer el temor a las pesadillas. "Quizás podría ponerme unas zapatillas al pie de mi cama, así pienso que puedo correr y escapar sin problemas. Tal vez pueda poner la réplica de una lanza que tengo, un palo… no sé. Solo es una idea…". "Lo que te ayude a sentirte mejor, estará bien", le dice el sicólogo. El joven se siente aliviado porque el profesional lo escucha validando sus opiniones. Esa noche duerme con las zapatillas puestas y un pantalón deportivo muy cómodo para correr sin problemas, incluso, bajo la lluvia inclemente y contra el viento cusqueño.

El estudiante duerme muy arropado cuando la pesadilla vuelve a visitarlo: los soldados españoles persiguen al guerrero, quien lucha por su vida. Es en esa fracción de segundo que un soldado español está a punto de clavar su espada en el pecho del joven inca. Este grita como si el Supay lo estuviera arrastrando hacia el infierno, ese lugar horrible y lleno de fuego descrito por los españoles. Ellos —piensa dubitativo el guerrero— están empezando a ganar adeptos entre los incas porque el dios Inti les ha fallado y están perdiendo la guerra, tal vez —especula— porque el dios de los blancos es mucho más poderoso.

Es en ese instante cuando el joven debe despertarse, pero la pesadilla continúa y el soldado español —en nombre de la Corona— clava su espada en el pecho del guerrero inca que mira el plateado uniforme de su enemigo, brillante, bajo una leve resolana.

El sol languidece para dar principio al ocaso. La luna pronto aparecerá por el este. El guerrero mira su pecho lleno de sangre que mana abundante como el río Vilcanota: violento, descontrolado, mortal. La sangre se bifurca en su pecho y él pone las manos en su cuerpo herido, mientras que sus ojos apenas distinguen la silueta borrosa de su asesino.

El estudiante quiere gritar para despertarse, pero sus gritos ahogados lo abandonan. Abatido, confirma que nunca despertará, entiende que *él* es él, que siempre lo ha sido, que es un temponauta atrapado en un viaje astral, que todo este tiempo ha estado soñando que era un estudiante del futuro, un joven que no se vestía como inca, pero que tenía rasgos andinos y españoles también. No solo eso, hablaba también español y se sentaba frente a una suerte de brujo, a quien le pedía consejos sobre algunas pesadillas malignas en las que él era un guerrero inca.

7.
Kate
(la chica del sexto piso)

Garúa y viento es lo que recuerdo al pensar en ese edificio. El último año de secundaria, luego de ser expulsado de una escuela religiosa, llegué a ese colegio desde donde se podía mirar el mar. No diré el nombre de la ciudad porque lo que intento es olvidar lo que ocurrió, aunque todo me conduce de nuevo a esa tarde en la que Kate hizo contacto conmigo. Es cierto, no la he podido olvidar. Ni bien la imagino pienso en sus ojos pardos, en el cabello castaño y oscuro cayendo por sus hombros, en sus pechos y caderas de lienzo, en sus muslos firmes.

De pronto, todo se desvanece y siento hundirme en la locura al saber que nunca más me hablará, aunque la he buscado al final de la calle donde nos encontramos cuando fuimos a contemplar el mar.

Solo diré que esa ciudad es gris al amanecer y grises también son sus atardeceres tristes. A veces, cuando sale el sol, el ocaso forma una estela naranja y violeta que anuncia el final y lo efímero de todo: la vida, el tiempo y el amor, el amor de Kate.

Sí, el último año en la escuela tuve una novia que se llamaba Kate. Empezamos muy bien o al menos eso creí. Yo era el chico *cool*, el que tenía el cabello más largo en la escuela y no era futbolista nato como el resto. Yo llegaba con mi guitarra eléctrica, porque luego de la escuela me iba a ensayar con unos amigos. Era la primera banda de rock en la que por fin me habían dado chance. Entre acordes de November Rain y Patience, Kate se interesó por el chico nuevo. Su amiga Pam también se me acercó, era muy guapa, pero entendía que no podían existir dos soles en la tierra y escogí a Kate. Pam era más tierna e incluso más atenta, pero la manera de provocar de Kate pudo más.

Kate ejerció dominio sobre mí desde un principio. Apenas nos hicimos novios tuve que decirles a todas mis amigas que ella y yo estábamos juntos. Por las mañanas, debía esperarla en la esquina del paradero. Ni bien bajaba del bus me daba su mochila. Al salir de la escuela tenía que esperarla hasta que se despidiera de sus amigas. Cargaba su mochila y la acompañaba a su casa en bus.

Al cumplir un mes "juntos", sin razón alguna, me terminó. Simplemente me dijo que se había acabado. Abatido y molesto intenté refugiarme en Pam, que siempre me había tratado tan bien. Cuando le pregunté si yo todavía le gustaba dijo: "gustaba es pasado. No soy segundo plato de nadie. Jamás, querido".

Terminé la secundaria sin pena ni gloria como "el chico nuevo", el que Kate terminó". Recuerdo que en eso días de escuela, de cuando en cuando, me paraba en medio del patio y desde allí veía siempre a una chica. Era alta, delgada, de cabello lacio y castaño. Nunca cruzamos palabra, pero desde lejos me sentía observado. A veces, ella era la única chica observando el colegio desde el balcón del sexto piso.

Un año después de terminar la escuela recibí una llamada de Kate. No negaré que eso me alegró mucho. La conversación que sostuvimos fue extraña, porque cada pregunta que le hacía era una confusión para Kate. No recordaba nada de lo que habíamos hecho juntos. Iba a cortarle o preguntarle si me había llamado para acordarse de algo, porque de manera evidente no tenía memoria de nosotros. Fue allí cuando ella me sorprendió.

—Soy del cole, me llamo Kate, pero no soy ella. La que era tu novia.

—No entiendo. No recuerdo a ninguna otra Kate.

—Si me ves te vas a acordar de mí.

—Lo dudo. ¿Cómo conseguiste mi teléfono?

—Algunas chicas del salón tenían tu número. Recuerdo que eras bastante popular...

—Je, je...

—Yo sí me acuerdo de ti. ¿Nos podemos ver? Solo diez minutos. Sé que te vas acordar...

Ante su insistencia nos encontramos por el malecón, frente al mar. Ni bien llegué la reconocí, aunque el cambio era como ver una estrella distante con un telescopio inmenso. Kate lucía atlética y tenía una sonrisa franca.

—Yo sé quién eres... tú parabas… en… parab…

—En el sexto piso. En el balcón. Te dije que me recordarías…

—Y te…

—Sí, me llamo Kate. Como ella. ¿Sabes que se va a casar?

—No, me tiene sin cuidado —dije cortante.

—Bueno. Pensaste que yo era ella —dijo Kate y miró el piso.

—La verdad no hubo mucha química entre nosotros. ¿Sabes? No deberíamos hablar de nadie más que de nosotros. Mírate. Estás hermosa —dije aún abochornado.

No le mentía. La verdad que aun de lejos en ese sexto piso, se veía a una chica guapa. Hoy, esa chica era una mujer. Yo estaba encantado de verla.

Caminamos hacia el malecón y desde el mar ambos miramos hacia el horizonte. No sabía qué decirle.

—Tengo frío —me dijo y eso fue casi una salida mágica a mi inventiva. Me iba a sacar la casaca en un acto de macho cabrío y demostrar que yo no sentía frío.

—Hace un frío terrible. No te la saques…

—Pero tienes frío…

—Me puedes abrazar…

Y entonces, en ese instante, el universo se vino abajo con todo y estrellas. Al acercarme a ella, noté que sus ojos eran una invitación a besarla. La abracé fuerte y me recibió afectuosa. Realmente Kate tenía frío. Pensé que se iba a enfermar y le propuse irnos de allí. Caminamos hacia el parque central.

—Vamos a comprar chocolate caliente —le dije, y fuimos hacia el medio del parque. El viento helado de la ciudad gris resoplaba húmedo y letal. La brisa de la pleamar horadaba las paredes y el cuerpo de los mortales que como autómatas deambulaban por las calles.

Compramos el chocolate y bebimos, cómplices. La temperatura de ella se normalizó un poco.

—Mis padres se han ido donde mis abuelos el fin de semana. Yo me quedé con mi hermano, pero se fue al sur hasta mañana. Estoy sola en casa. No quiero estar sola…

—Si prefieres te acompaño…

—¿Puedes quedarte conmigo?

—Puedo. Si deseas duermo en el sofá…

—Tontito. No quiero que duermas en el sofá, pero espero que te portes bien.

La casa de sus padres quedaba al final del malecón, cerca de un faro. Era un departamento grande ubicado en el sexto piso. La sala de la casa era amplia y desde la ventana se divisaba imponente el mar y el acantilado. La ciudad y sus luces brillaban en su esplendor en una noche sin luna y despojada de estrellas. Entramos a su habitación.

—Tengo frío —me dijo y me acerqué a ella.

Mi cuerpo, por alguna extraña razón, siempre tiene una temperatura mucho más alta de lo normal. Por ello, en invierno, llevo una chaqueta ligera que a veces termino quitándome. Cuando la temperatura baja, mi cuerpo empieza a generar más calor. "Tienes el alma de animal", recuerdo que me dijo una vez una gitana.

Me quité la chaqueta y la camiseta que llevaba puestas y la abracé.

Nos echamos en la cama y ella se recostó en mi pecho. Empezó a acariciar mis pectorales. "Tienes una cruz en el pecho".

—Tengo una cruz pesada. Siempre la he tenido —contesté.

—Me refiero a esto —dijo y empezó a recorrer mi pecho besándolo. Luego su lengua hizo una cruz de arriba abajo, de derecha a izquierda.

La miré. Se veía hermosa a pesar de su blanca palidez. La media luz de la habitación permitía ver casi como un dibujo en blanco y negro sus labios pequeños y encarnados.

Se despojó del suéter y procedí a quitarle la blusa y el brassiere. Juntamos nuestros colores: miel y marfil, y enredados rodamos por las sábanas. Nos desnudamos. Pese a haber estado antes con una mujer, esa noche sentí que volvía a nacer y también a morir. Estaba dispuesto a agonizar en ella y aceptar con dignidad la muerte.

Pero la muerte no me esperaba, sino la vida plena. La vitalidad del sexo siempre despierta mis sentidos y los agudiza. Como un animal olfateo, acecho y escucho a la hembra. El celo de procrear, de entreverarse y, quizás, el escondido deseo, en algún lugar del alma, de sentir amor. Amor, si tan solo existiera.

Estuvimos despiertos toda la noche. Casi a las cinco caí extenuado por las embestidas del sexo. Por la mañana, me dijo algo que me despertó del todo mientras bebíamos café.

—Tengo novio. No podemos vernos más o quizás sí, pero no podemos estar en serio. Quiero que lo sepas.

—Pero, ¿por qué me has llamado?, ¿podemos intentar?

—No lo sé. Debes irte ya. Mi hermano está por llegar.

—Voy a pensar en ti. Te llamaré pronto —dije.

—Toma para que me pienses —me respondió con una sonrisa, mientras me alcanzaba una foto en blanco y negro.

Soy una persona fatua, a veces. Decidí esperar una semana para llamarla imaginando que Kate me llamaría. Pero nunca me llamó y mordiendo mi orgullo fui a buscarla.

El sábado por la tarde fui a verla. Caminé por toda la avenida hasta el malecón, pasé el faro y me dirigí al edificio.

—Buenas tardes. Voy a ver a Kate. Departamento 66.

—Joven. Aquí no vive ninguna Kay.

—Dije Kate, señor.

—Kate, Kay. No vive nadie con ese nombre.

—Señor, el sábado he venido aquí de noche.

—Jovencito, le repito que no hay nadie con ese hombre. Trabajo hace diez años aquí.

—Pero yo estuve aquí el sábado. Si me permite entrar al sexto piso.

—Joven, no debería decirle esto, pero no quiero que pierda el tiempo. El sexto piso está en reconstrucción. Está vacío.

—No puede ser. ¿Por qué? —pregunté.

—Eso sí no se lo puedo decir —me respondió el vigilante.

Me fui confundido. Lo primero que hice fue buscar un teléfono público. Pensé en llamar a Kate, mi ex. Ese número nunca lo olvidé. Los cuatro últimos, sobre todo: 5848.

Kate, por supuesto, estaba sorprendida por mi llamada. Me hubiera sentido un perfecto imbécil si le decía que pensaba que ella me había llamado. ¿Contarle la historia entonces? De plano lo descarté.

Haciéndome el idiota, le dije que pensaba organizar una reunión con gente del cole. Allí mencioné a Cathy o Kate para ver su reacción. Me dijo que no la recordaba y que no había nunca otra chica con ese nombre. "Soy única", dijo y sonrió.

Aprovechando la situación, describí a la otra Kate al milímetro (¿Cómo no recordarla?). Ella me dijo que no se acordaba de nadie con esas características. Me despedí y fui a casa. Llamé a dos amigas y también a Bibi, la que conocía la vida, obra y milagros de toda la escuela.

"¿Kate? ¿Kate dices? No. No había más que una. Ya sabes quién. La que te term... digo, ustedes hacían una linda pareja... ¿No será en otro colegio? Porque tú has estado en varios colegios, ¿no? O quizás sigues recordando a Kate ja, ja, es broma... ¿Sabes quién está embarazada? ¡Y con alguien del cole!

Colgué.

Llamé a dos amigos y a Robert, quien conocía a todas las chicas de la escuela. "je, je, ¿Kate? Je, je. Veo que sigues traumado porque te dio de baja... ¿Cuándo salimos a tomar una chelas... *brother*, ¿estás allí?".

Colgué.

Volví a llamar a Bibí y fingí que me había quedado sin monedas. Le invité a tomar helados. Llevaría la foto. Quedamos al día siguiente en la heladería 4F que quedaba por la avenida central.

El día de la cita esperé a Bibí una hora y nunca llegó. La llamé a casa y me contestó asustada.

—Escucha. No quiero que me hables de ese tema nunca más. Es más no vuelvas a llamar nunca más.

—¿Entonces la conoces?

—¡No sé de qué hablas! ¡Déjame en paz! —dijo y me colgó.

Debo reconocer que soy una persona obstinada. El lunes fui a la escuela a hablar con la secretaria, la señora Tiffany. Trabajaba en la escuela cerca de dos décadas.

—Muchacho, sí que has crecido y echado cuerpo. Eras delgadito. ¿Kate me dices? ¿No te refieres a Kate, la rubiecita? Creo que ustedes eran buenos amigos.

—Somos amigos todavía —dije un poco incómodo. —Entonces, ¿no hay ninguna otra Kate?

—No. No por esos tiempos. Años antes sí.

—¿Antes?

—Exacto.

—¿Sí le muestro una foto me podría decir si es la misma persona?

—Sí, claro.

Entonces le alcancé la fotografía.

—Claro, ella estudió aquí.

—Lo sabía —dije aliviado.

—¿Pero por qué quieres saber de Kate?

—Pasa que la estoy buscando. Éramos amigos.

—Ay, qué hablas, muchacho.

—¿Por qué me responde de esa manera?

—Disculpa. No fue mi intención. Escucha. Ella estudió aquí, pero en 1966. Tú recién tendrías ocho años o menos, y no estudiabas aquí.

—No puede ser. Ella me dio esta foto. Hace una semana estuvimos juntos.

De repente, la secretaria se puso pálida, parecía que un demonio la poseía.

—Kate falleció en 1966. Se cayó del sexto piso —dijo.

Miss Tifanny se llevó las manos al pecho y la foto se me cayó de imprevisto. Sentí un ligero viento frío dentro de la oficina que tenía las ventanas cerradas.

8.
El Triángulo D

Escribo recostado en la cama de metal y aunque las paredes blancas intentan darme calma, el terror recurrente me ha hecho un prisionero de mí mismo y siempre recuerdo aquella visión.

Intento recordar cómo ocurrieron los acontecimientos que, poco a poco, como un reloj de arena, me convirtieron en un reo de mis pesadillas. Hoy, a veces, ya nada parece tener sentido. Envuelto en una danza de horror, ciertas imágenes vienen a mí con claridad. Taladran mi cerebro. Siento el sonido del mar maniatándome, el sonido del viento conminándome a saltar desde un acantilado, el sonido de las olas reventando en los peñascos en donde termino destrozado.

Mi obsesión se inició a partir de la lectura de un libro que compré entre 1970 y 1975 en una librería de segunda mano en un pueblito de Virginia llamado Manassas. El libro se llamaba *El triángulo de las Bermudas, ¿mito o realidad?*

Siempre me atrajeron los temas misteriosos: lo paranormal, el ocultismo, la reencarnación, los extraterrestres, los viajeros del tiempo, la telekinesis, los aviones y las personas que desaparecen bajo el misterio de la duda. Soy un obsesionado con las teorías de la conspiración.

Según el libro que compré, el 5 de diciembre de 1945, cinco bombarderos torpedo de la Marina de los Estados Unidos salieron del aeropuerto de Fort Lauderdale, Florida. La Segunda Guerra Mundial tenía tres meses de iniciada y el vuelo 19 debía realizar un mero ejercicio de rutina. Allan Kosnar, uno de los encargados de las ametralladoras, tuvo un mal presentimiento y decidió no participar del vuelo. Puesto que tenía horas acumuladas como piloto se le permitió ausentarse.

El vuelo 19 surcó el cielo a las 2:00 pm. con dirección hacia el océano Atlántico. Era un viaje de menos de doscientas millas. A eso de las 3:15 pm. el teniente Taylor se comunicó con la torre de la Estación Naval de Fort Lauderdale: "Esta es una emergencia... No podemos ver tierra firme". Desde la torre, el operador le interroga: "¿Cuál es su posición?", y Taylor contesta: "No estamos seguros de nuestra posición". El operador le dice que busque el oriente primero y que luego se dirija hacia el este. Taylor le responde confundido: "No sabemos en qué dirección se encuentra el sur o el norte... Todo se ve tan extraño, incluso el océano no luce como debería... Estoy seguro de que estamos en los Cayos...".

Minutos después, Taylor dice que va a aterrizar de manera forzada sobre el mar, y el avión pierde toda comunicación con la torre de control.

Una hora más tarde, un aeroplano Martin Mariner junto con un equipo de rescate sale a buscar al vuelo 19. Peinan el Atlántico por un par de horas sin encontrar nada y, cuando ya oscurece, el piloto recibe la orden de retornar, pero desde el Martin Mariner nadie contesta. El Triángulo de la Bermudas o el diablo mismo diablo parece haberse tragado otro avión y a todos sus tripulantes.

Aquí empieza mi obsesión por saber la verdad. Para ello, mientras mantuve cierta lucidez, escribí muchos datos para mi futuro libro *Sobre el Triángulo de las Bermudas y otros textos*:

- El Triángulo de las Bermudas tiene "líneas" trazadas de Florida a Bermudas, de Bermudas a Puerto Rico y de Puerto Rico a Florida.
- También le llaman el Triángulo del Diablo. Aquí hice una anotación y puse Triángulo D.
- Se especula que hay un campo electromagnético que atrae a los aviones.
- Se dice que existen olas inmensas de cien pies de altura que aterran a los pilotos y los desorientan.
- Hay lluvias torrenciales y rayos que pulverizan a los aviones en segundos.

- Es posible que algunas emanaciones de gases causen explosiones que alcanzan a los aviones que vuelan a baja altura.
- Existen textos mitológicos muy antiguos y diarios de navegantes que hablan sobre monstruos marinos gigantes.

Tomaba nota y escribía las opciones que me parecían más "lógicas" y las combinaba: olas inmensas con campos electromagnéticos, monstruos marinos gigantes y olas inmensas.

Los científicos, por supuesto, con su raciocinio y pedantería habitual, decían que era ridículo pensar en cualquiera de las hipótesis descritas arriba.

Cierta vez, encontré un dato en un libro de 1901 titulado *Carta particolare del mare Arabigo, "la zona morta"*. Estoy seguro de que muy pocos conocen del viaje del almirante Himilco en el año 500 antes de Cristo. Este partió desde la ciudad de Cartago en el norte de África. Se dice que Himilco viajó muy lejos hacia el este con lo que debió llegar sin duda hasta el océano Atlántico. En sus notas, Himilco dice: "No hay viento que empuje el barco. Hay muchas algas entre las olas atrapando a los barcos. Monstruos agrestes asedian los barcos".

Los científicos podrán decir que Himilco jamás llegó al océano Atlántico, pero hay exploradores que han encontrado monedas de Cartago en la costa de los Estados Unidos, lo que al menos sugiere que los cartagineses estuvieron en América antes que los Vikingos.

Si todo esto fuera verdad, pensé, quizás lo más lógico dentro de lo insólito de las desapariciones fuese que "algo" desconocido y misterioso atrapara a los aviones y barcos que se desplazaban por ese lugar.

Tal vez, algunos sepan que existe un océano llamado Sargazo, ubicado en un área con menos nubes, vientos y lluvia, que reposa en el océano Atlántico. Está de 30 a 70 grados latitud este y de 20 a 35 grados latitud norte. El Sargazo mide dos mil millas de largo y mil millas de ancho. El océano Sargazo se encuentra en la parte central del Atlántico norte y al este de Bermudas.

Fueron estas notas y elucubraciones las que desgraciaron mi vida, porque luego descubrí algo hórrido. ¿Qué pasaría si un avión aterrizara forzosamente en este océano de aguas calmas o si un barco quedara atrapado en el Sargazo? ¿Serían capaces los sobrevivientes de escapar en botes? ¿El Sargazo, como los tentáculos de un pulpo gigante, los atraparía para siempre?

Recordaba, de manera borrosa, alguna historia de horror de H.P. Lovecraft, o quizás de Poe, sobre la idea de quedar atrapado en un océano de algas, a merced de un monstruo marino.

Una noche, soñé que alguien se me acercaba para despertarme y me decía en inglés: "Taylor, it's time to go". El desconocido me sonreía y luego nos dirigíamos hacia un avión. "Today, you are the pilot in charge", indicaba esa persona y yo empezaba a sudar, porque nunca había piloteado una nave.

Cuando despertaba, me decía a mí mismo para calmarme, que todo era una simple jugada de mi subconsciente por las muchas lecturas que había tenido acerca del Triángulo de las Bermudas.

El sueño se repitió con relativa frecuencia, pero ya no despertaba de inmediato, sino que ahora caminaba hasta el avión, lleno de dudas. "Come on, Taylor!", me decía un compañero, "¿Qué diablos te ocurre?", me preguntaban, y yo quería decirles que no sabía pilotear un avión, que no era yo ese tal Taylor, sino otro ser metido dentro de un sueño. En mis sueños hablaba el inglés sin acento. Al ver el color de mi piel, me di cuenta de que no era yo. Realmente parecía ser Taylor y no Gerardo Gómez. En mis alucinaciones, era yo un hombre caucásico, algo lampiño y con un ligero bigote marrón. Alto y de complexión delgada.

A la noche siguiente, la pesadilla constante me mantuvo frente al avión. Escuché que me decían: "Vamos, Taylor, súbete al jodido avión". Repliqué que no iba a subir al avión porque no sabía pilotear. Todos estallaron en una carcajada. Parecían ahogarse de risa o de burla: "Taylor, tú eres el mejor piloto que tenemos. Solo súbete al avión y si en realidad no sabes cómo pilotear te haces a un costado y lo haré yo", dijo uno de mis compañeros de vuelo.

¡Qué estúpidas son las pesadillas! (y los sueños). Me subí al avión y ya en el asiento de tripulación me sentí en total control. Conocía todos los mandos del avión: primarios y secundarios, el timón de profundidad para el control longitudinal, los alerones para el control lateral y el timón de dirección.

El despegue fue increíble. Parecía que había piloteado toda mi vida. Me sentí Dios o un pájaro de fuego gigante capaz de volar hasta el sol sin que mis alas, ni nada en mí, sufrieran los embates del astro incandescente.

Piloteaba tranquilo, pero casi una hora después, empecé a sentir una sudoración extraña. Sentí un calor luminoso y entonces empecé a perder el control del avión. Los controles de mando no respondían, ni las agujas de mi pantalla, nada parecía funcionar. Llamé a la torre de control y dije: "Esto es una emergencia… No podemos ver tierra firme". Desde la torre, el operador me contestó: "¿Cuál es su posición". Desconcertado, le respondí: "No estamos seguro de dónde estamos".

El operador me pidió que buscara el oriente primero y luego que me dirigiese hacia el este. Le respondí confundido: "No sabemos en qué dirección está el sur o el norte… Todo se ve tan extraño, incluso el océano no luce como debería… Estoy seguro de que estamos en los Cayos".

Tras perder contacto con la torre de control, mis compañeros en el avión se desesperaron: "Taylor, ¡rayos! ¿Qué pasa?, ¿Dónde estamos? ¡Nos vamos a estrellar! ¡Maldita sea, Taylor! ¡Nos vas a matar a todos!".

Mi única opción era aterrizar en el océano. Entonces vi el mar. No, no era el mar. Era un fango oscuro de agua y algas viscosas. Aun desde lejos, estaba seguro de que era un mar pestilente. El motor amenazaba apagarse y entonces decidí ir de manera suicida hacia el océano.

Estaba descendiendo cuando vi que el mar se abría en dos mitades. Una bestia enorme como diez orcas juntas emergió del agua abriendo una boca-remolino. Tenía en los ojos resplandores rojizos y amarillos, el lomo lleno de escamas puntiagudas y un cuerpo azulado, brillante, aceitoso. Como una epifanía que se devela con amargura, entendí que el Triángulo de las Bermudas era un monstruo enorme. El monstruo del cual había hablado un tiempo atrás no pertenecía a una historia de Poe. Recordé que el monstruo se llamaba Dagón, el Dagón de H.P. Lovecraft. Y recordé la anotación que hice antes: el Triángulo D. Devorado por el mar y por Dagón perdí toda conciencia.

Cuando desperté estaba en un hospital militar en los Estados Unidos. Tenía ropas blancas. Me dijeron que había tenido suerte, pues era el único sobreviviente del avión que desapareció en el Triángulo de la Bermudas. "Es usted afortunado, Taylor. Ha sobrevivido heroicamente una semana en el océano. Sin comida, sin agua…", me dijo un doctor. Mi reacción fue vociferar: "Yo no me llamo Taylor. Yo soy Gerardo Gómez. Yo no soy Taylor. No pertenezco a esta época. Puedo probarlo…". Los doctores no me dijeron nada, como fingiendo interés.

"El cosmonauta soviético Yuri Gagarin estuvo en el espacio en el 62. El año 63 asesinaron al presidente John F. Kennedy. Y en 1968 el hombre llegó a la luna. Sí, fue en el 68", afirmé con total convicción.

Luego de mis enunciados futuristas, que para mí eran hechos pasados, los doctores me pidieron que descansara y me suministraron somníferos. "Conversaremos después. Tome este calmante. Estamos muy interesados en saber más sobre lo que nos contó, pero por ahora debe descansar", me dijeron mostrando preocupación.

A la mañana siguiente, dos hombres de negro, seguidos por dos militares de alto rango, aparecieron al lado de mi cama.

—Buenos días, teniente Taylor. La información sobre proyectos espaciales es clasificada, aunque nos parece ridículo lo que dice sobre llegar a la luna. ¿Cómo está al tanto de lo que hacen o harán los rusos?

—Yo no me llamo Taylor. Yo soy Gerardo Gómez. Lo de los rusos salió en todos los periódicos de 1963.

--*Gouméz*, hoy es 12 de setiembre de 1945. ¿Y eso del presidente asesinado? ¿Ha tenido alguna vez ideas suicidas o ganas de herir mortalmente a alguien?

—Jamás. Mi apellido es Gómez.

—Entiendo, señor *Gouméz*. Díganos, ¿qué pasó en el avión que pilotaba?

—¿Es que no comprenden? Fue Dagón. Maldita sea, no lo entienden.

—Descanse. Conversaremos con calma. Todo estará bien, Taylor.

—Pedazo de imbécil. ¡Soy Gómez! ¡Gerardo Gómez!

Allí terminaron las preguntas, porque quise escapar de la habitación y me sujetaron dos mastodontes. Otros dos me colocaron una camisa de fuerza.

Los hombres de negro no volvieron más, y yo sigo aquí desde hace más de un año. Recibo tratamiento psiquiátrico. De momento solo me aplican drogas porque no soy agresivo, pero el doctor me dice que tengo trastorno de personalidad, que pretendo ser Gerardo Gómez, que han buscado todos los records con mi nombre y no encuentran nada. No existo. No hay ningún Gerardo Gómez con mis características, contando del año de 1900 a 1945.

Claro, ¿cómo voy a existir si estoy ahora atrapado en el pasado? En esta era solo soy un espejismo, mi tiempo no ha llegado. He escrito miles de veces la palabra Temponauta en la pared. Hoy, mi única esperanza es que una pesadilla, la peor de todas, una en la que Dagón (el Triángulo D) realmente venga por mí y me libere de vivir, llevándome, por fin, al mismo infierno.

9.
El espejo escarlata

La furia de un demonio instantáneamente me poseyó.
Ya no me conocía a mí mismo. Mi alma original parecía,
de inmediato, tomar vuelo de mi cuerpo.
"El demonio de la perversidad", Edgar Allan Poe

La tarde en que mi madre y yo llegamos a casa desde el Centro de Lima fue el preludio ominoso de lo que sucedería en los días venideros. La vida, desde aquel momento, ha sido de pesadillas recurrentes. En ellas, mi madre y yo nos vemos frente al espejo escarlata. Hoy, aquella pesadilla es más real y se ha apoderado de mí para siempre.

Cuando entramos a casa, lo recuerdo como un film de horror en blanco y negro, miramos el espejo de la pared que apuntaba hacia la puerta de entrada. Fue un día especial porque veníamos de hacer compras en Scala Gigante de Lima. Mi madre me había comprado un robot rojo y amarillo, un blue jean y una camiseta de fútbol por la Navidad. También me regaló un libro.

¿Cómo apareció el espejo escarlata en casa?

Una noche de diciembre, alguien tocó la puerta y mi madre salió a contestar. En la puerta estaba una anciana de ojos extraños que dijo estar rematando un espejo muy fino. Mi madre contestó que no estaba interesada, pero la señora insistió: "Déjeme mostrárselo al menos".

Mi madre accedió con desgano. Su rostro cambió al ver el espejo con bordes de madera pintados de rojo y negro. La anciana, como en un acto de magia, había sacado el cuadro de una funda oscura.

—¿Por qué el color rojo es tan chillón? No me gusta mucho —dijo mi madre.

—No es rojo. Es escarlata y es elegante. Es un espejo muy antiguo, señora —sentenció la anciana.

—¿Sí? ¿Cómo usted sabe eso? —preguntó mi madre con sarcasmo.

—Mi madre lo heredó de mi abuela y esta de su padre. Debe ser al menos de 1800.

—Vaya, una antigüedad… ¿Cuánto quieres por el espejo?

—Diez soles —dijo la anciana sin miramientos.

—¿Diez soles? ¿Crees que soy un banco? Con diez soles me compro un espejo nuevo.

—El precio original del espejo es muy caro. La madera es caoba y le perteneció a la iglesia…

—¿Y yo tengo que pagar el diezmo?

—Señora, ¿cuánto me ofrece?

—Te doy cincos soles ahora mismo.

—Seis y hacemos trato —argumentó la anciana.

—Solo tengo cinco.

—Bueno, quedemos en cinco, pero regresaré algún día por más…

—Toma los cinco antes de que cambie de opinión —zanjó mi madre alcanzándole un billete. La anciana guardó el dinero, dejó escapar una risa torcida y se fue.

Desde que mi madre colgó el espejo escarlata, la sala adquirió un aspecto extraño. El espejo era hermoso, cierto, pero tenía en cada borde, en la pintura y en los adornos de las esquinas algo indescifrable y oscuro que aterraba y atraía al mismo tiempo.

El marco superior del espejo tenía dos marcas. Parecían fallas naturales de la madera o dos quemaduras hechas con algún metal caliente. Pero visto con detenimiento, parecían dos ojos, muy cercanos el uno al otro. Semejaban las pupilas de un rostro muy angosto, casi como un dibujo mal trazado.

En un primer momento no lo noté, pero mi madre empezó a tomar más café de lo normal. ¿Cómo lo sabía?, pues traía una taza y luego otra y otra. El aroma del café inundaba la sala y las manos le temblaban.

Mi madre era cariñosa conmigo, pero desde que el espejo invadió la sala se quedaba sentada en un estado catatónico sin pronunciar palabra. Al oscurecer, me iba a mi cuarto y, luego de cepillarme los dientes, ella me duchaba y me ponía el piyama. Me contaba nuestro cuento favorito. Esa noche y las siguientes no me contó ninguna historia. En la tina, como una autómata, me pasaba la esponja mirando la nada y en silencio.

Una noche no vino a mi cuarto y me quedé sin bañarme. Fui a verla a su habitación. Toqué la puerta y la llamé, pero no contestó. Era muy pequeño y quizás imaginé que estaba enferma. Esa noche me puse el piyama como pude y demoré mucho en desamarrarme los zapatos o tal vez me los quité jalándolos del talón.

Por la mañana, mi madre tenía mejor semblante, aunque afirmó que había tenido pesadillas.

—¿Por qué tenemos pesadillas, mamá?

—A veces pasa cuando no rezas —me dijo.

Luego del desayuno, nos fuimos a la calle hasta el Centro de Lima a dejar postales de Navidad. Después me compró mis regalos en Scala Gigante. Recuerdo que pasamos por una librería. Llamaron mi atención un libro con dibujos de murciélagos y otro donde había un pájaro negro.

—¿Qué pájaro es ese, mamá?

—Es un cuervo —me contestó.

—¿Un *libros* con dibujos?

—Es Poe, son historias de miedo.

—Me gusta ese *libros*.

—Se dice libro, hijo. Libro.

—Me gusta el libro.

—Es un poco avanzado, pero ya empiezas la escuela pronto.

Mi madre cogió el libro y me lo compró. No recuerdo todos los detalles, pero recuerdo bien el libro porque hasta ahora lo conservo, ennegrecido y derrotado por el tiempo.

Camino a casa fui mirando los cuervos, un gato negro, un péndulo, una casa inmensa. No entendía mucho, por ello le iba haciendo una serie de preguntas a mi madre. Ella respondía con paciencia.

—Mira, ese es el gato negro… ¿Te gusta? Pronto será Navidad, hijito.

Ah, cómo recuerdo ese día y las palabras que mi madre usó. Mientras viajábamos en el ómnibus, puso su mano sobre mi cabeza y sentí todo el amor del mundo posarse sobre mí. Quería llegar a casa para jugar con mi pelota y mis soldaditos. Era la primera Navidad de mi vida y ya entendía de qué se trataba todo: el niño Jesús nacía en Belén, sus padres eran José y María, eran tres los reyes magos. Mi madre compraba los regalos que luego "me daba" el niño Jesús.

Al llegar a casa, mi madre puso las bolsas en el suelo. Al abrir la puerta, vimos el espejo escarlata brillando y la imagen más aterradora que he visto en mi vida: una persona idéntica a mi madre con sus mismas ropas. Mi "otra" madre se burlaba de nosotros. Gritaba lanzando insultos. Sus cabellos se levantaban como llamas de fuego. Mi madre cayó al piso. Medio cuerpo estaba fuera de la casa. Yo quise jalarla del brazo, pero pesaba mucho y empecé a gritar: "Mi mamá, mi mamá". "Vecina, vecina", repetía sin saber qué significaba ese término. Mi madre saludaba así a la señora del costado: "Vecina, buenos días". Quizás pensé que era su nombre. La vecina y otras personas vinieron y me preguntaron qué había sucedido.

—Mi mamá estaba en el espejo y se cayó —dije.

—¿Dentro de la casa? ¿Salió corriendo y se cayó en la puerta? —me preguntó el señor Villar, el dueño de la tienda de enfrente.

—Mi otra mamá estaba en el espejo gritándole a mi mamá —intenté explicarme.

—Creo que el niño tiene fiebre —dijo la vecina.

—Señora Berta, agarre al niño. Esto es cosa de hombres.

—Esto es cosa del diablo —dijo la señora Berta, la vecina.

—Tonterías —dijo la señora Villar.

—Vamos, mujer —le ordenó el señor Villar a su esposa.

Más demoraron en ingresar que en salir. Apenas traspasaron la puerta, los vecinos se desplomaron vomitando espuma por la boca. Temblaban y sus ojos parecían reventar. Cuando volvieron en sí no pudieron contar lo que habían visto. O tal vez no querían.

—Voy a buscar al padre Julián —dijo doña Berta.

El padre Julián era un señor muy alto y de tez blanca. Usaba lentes. Siempre viajaba en bicicleta y hablaba un poco raro. Mi madre decía que era de Francia.

El padre Julián vino de prisa. Mientras revisaba su Biblia, cogió también una botellita con agua. Pidió a los presentes que no hablaran majaderías sobre el demonio.

Ni bien ingresó a casa, el padre Julián se desplomó vomitando espuma.

Al rato despertó. Adujo que el calor de diciembre era muy fuerte y que estaba agotado de tanta confesión. La entrada de la casa olía como a quemado.

Mi madre y yo entramos a casa y la señora Berta le pidió que le entregara las ropas que llevaba puestas.

—Las voy a quemar, vecina —dijo la señora.

La vecina volvió media hora después y se quedó en casa para dormir con nosotros.

Por la mañana, la vecina nos despertó. Había comprado el pan y nos sirvió café con leche y una tortilla de huevos.

—Yo creo que esa alma ya se fue —dijo la señora Berta.

—El padre Julián dijo que no creyéramos en eso.

—Por favor, vecina, póngase esta cruz en el cuello —suplicó la señora Berta y le dio una cruz de madera a mi madre.

Mi madre la recibió. Luego de despedir a la vecina la guardó en su cajón.

El día transcurrió normal y envolvimos algunos regalos. Casi al oscurecer, mi madre volvió al estado catatónico de días anteriores. Sabiendo eso, me metí a mi cuarto luego de comer. Me saqué la ropa y los zapatos y me fui a dormir.

En la mañana, mi madre parecía un zombi. Miraba el espejo con detenimiento. Cuando le decía alguna frase no me respondía. Su mirada era de hielo. Al darle un beso sentí su piel fría como el metal.

—¿Mamá? ¿Me bañas con mi barquito? ¿Me das mi desayuno?

Mi madre me sirvió leche y puso la mesa. Se sentó frente al espejo sin decir palabra.

—¿Mamita? Despierta, ma'.

Entonces abrió sus ojos, que parecían botar fuego.

—No hagas ruido, malnacido. Me tienes harta, muchacho de mierda ¿Me oyes?

Abrí mis ojos devorado por el pavor, mientras ella me sacudía de los hombros. "Ojalá hubieras muerto al nacer", me dijo. Sus ojos eran resplandores de candela.

Quedé petrificado. Mi madre jamás me había gritado de ese modo. Al rato empezó a reaccionar. Me acarició.

—Amor, ¿aún no te has bañado? Vamos a bañarte. Después te haré un jugo de fresa y un sándwich.

—¿Jamón y queso?

—Sí, mi príncipe. ¿Estás bien? ¿Te pasa algo?

—No, ma'. Te quiero.

—Yo te amo, mi príncipe.

Tras la ducha y el desayuno, el día estuvo tranquilo. Almorzamos y por la tarde mi mamá se sentó frente al televisor. Yo fui a jugar a mi cuarto.

Ya era de noche cuando volví a la sala. Mi madre estaba otra vez frente al espejo. Era ella, pero por ratos no la reconocía. Sus cabellos parecían llamas de fuego. Asustado, me encerré en el cuarto y me metí a la cama sin la ropa de dormir. Bajo las sábanas, repetía un rezo que mamá me había enseñado para que no tuviera miedo:

Niño Jesusito, manso corderito,
baja del cielo y haz tu cunita
en mi corazoncito.
Ángel de la guarda, dulce compañía.
No me desampares,
ni de noche ni de día.

Desperté horas más tarde. No había bulla en la calle y miré por la ventana de mi habitación. La tienda ya estaba cerrada. Fui al cuarto de mi madre e iba a tocar la puerta, pero sentí un olor penetrante. Olía a quemado. Caminé de puntitas para no hacer ruido y regresé a la cama. Al rato se levantó mi madre y tocó la puerta. Fingí estar dormido.

—¿Ariel? ¿Estuviste caminando por el pasillo? ¡Abre la puerta! ¡Sé que estás despierto! ¡Mocoso insolente! ¡Me las vas a pagar!

Minutos después se fue. Puse una silla y otras cosas más en la puerta. Antes de caer dormido, temblando, recé y le pedí a Dios que me permitiese morir. No sabía qué estaba sucediendo. La casa tenía un aire pesado y apestaba a humo: denso, extraño, maligno.

Tuve una pesadilla y en ella una voz me repetía: "Ella no es tu madre. Un demonio la tiene atrapada. Llévala frente al espejo y cuando se mire, empújala. Entonces, tu madre volverá a ti".

Me desperté temprano. Mi madre estaba sonriendo. Cuando se volteó para traer el desayuno me decidí.

—Mamita, tienes una mancha roja en el cuello.

—¿Dónde? —dijo ella y se tocó la garganta.

—Allí no, mamá. Atrás.

Entonces, ella se dirigió hacia el espejo y se puso de espaldas. Volteó la cara.

—¿Dónde, Ariel? No veo nada.

—Aquí —dije y mientras ella torcía más la cara la empujé con todas las fuerzas que tenía. Ella se golpeó contra el marco de madera del espejo y se desmayó.

Cuando despertó, yo aún estaba allí. Permanecí de pie frente al espejo hasta que mi madre sonrió:

—Amor, ayúdame a pararme, mi rey. Creo que resbalé.

—Sí, mamá. ¿Estás bien?

—Sí, bebé, ¿tienes hambre? ¿Quieres que te prepare un jugo de fresa con leche y un sándwich?

—¿Jamón con queso?

—Claro, mi rey.

Pasamos una buena tarde. Mi madre me cubrió de caricias como nunca lo había hecho. Me llevó al cuarto y me alistó para dormir. Me sentí feliz. Pronto llegaría la Navidad. Por la noche, muy tarde, tuve ganas de orinar. No quería mojar la cama ni molestar a mamá, por ello me levanté en silencio. Al salir al pasillo, sentí un olor aterrador. Ese olor ya lo conocía. Caminé de puntitas hacia el cuarto de mi madre. Por debajo de la puerta parecía escaparse ese olor inicuo. Me acerqué a la puerta y una voz de ultratumba, una voz diabólica de mujer se escuchó:

—Mi señor, ya la tengo atrapada en el espejo. El niño idiota se ha creído todo. Mañana tomaré su alma. ¿Quién anda ahí?

Iba a volver a mi cuarto, pero ella salió a toda velocidad. Yo me dirigí a la sala, listo para escapar hacia la calle, pero ella me detuvo.

104

—Mi rey, ¿por qué huyes de tu madre?

—Mamá, dime, ¿cuál es nuestro cuento favorito? —le pregunté.

—Son varios, mi rey.

—Hay solo uno. ¿Cuál es?

—Ay, es que soy tan distraída.

—Reza conmigo, ¿te la sabes?

—No me salgas con estupideces, muchacho de mierda. Ven aquí.

Entonces algo me gritó que mi madre estaba atrapada en el espejo o que alguien se había metido dentro de ella. Una vez más fingí. Sus ojos, como resplandores de fuego, entrecortaron mi voz.

—Ma...mamá, ¿eeeres tú?

—Claro que soy yo —dijo ella con una risa torcida y cerró los ojos un segundo. Sentí dolor por el cuerpo de mi madre, pero el instinto me decía que ella ya no estaba conmigo.

Agarré el reloj de metal de la mesa de la sala y lo arrojé contra al espejo que se quebró, mientras ella daba un alarido de chacal. "¡No sabes lo que has hecho!", gritó mi madre y me desmayé.

Cuando desperté, me vi en una ambulancia. Tenía una máscara de oxígeno. Un enfermero me agarró de la mano. Mi ropa olía a quemado. El brazo me ardía. A mi lado tenía el libro que mi madre me había comprado.

—¿Mi mamá? ¿Dónde está mi mamá? —pregunté.

—Descansa, todo va a estar bien —dijo una voz y me quedé dormido.

Pasaron días hasta que recuperé mis sentidos. Recuperarme de las quemaduras del brazo derecho me tomó un par de meses. Aún hoy me quedan varias cicatrices en el cuerpo y otras adentro, cicatrices que nadie puede ver.

Luego descubrí lo que era una psicóloga. "Soy una persona que te ayuda a hablar. Soy como una amiga, como una doctora, pero para tu cabecita", dijo Ana, la psicóloga.

—¿Mi mamá? ¿Dónde está mi mamá? —pregunté.

—¿Crees en Dios? —me pregunto la psicóloga.

—Sí, mi mamá me enseñó a rezar.

—¡Qué hermoso! —dijo ella.

—¿Cuándo va a venir mi mamá por mí?

A la psicóloga se le humedecieron los ojos. Me di cuenta de que algo estaba mal.

—Ariel. Tu mami. Tu mamita se ha ido al cielo, pero antes te sacó del incendio, del fuego. Te salvó. Luchó bastante en el hospital, pero se fue al cielo.

—¿Fuego? El espejo se rompió.

—¿Recuerdas si estabas jugando con fósforos o con un encendedor de cocina? ¿Quizás a tu mamá se le cayó una vela encendida?

—No, nada.

—Está bien. Ahora descansa. Cuando despiertes te vamos a dar leche con galletas.

Un tiempo después me dieron de alta y acabé en un orfanato. "Te va a gustar", me dijo la psicóloga. Hablé con otra señora llamada Fátima, la asistenta social. Me dijo que intentaba encontrar a mi familia. Al parecer no tenía parientes.

En el orfanato tenía amigos, pero a veces los niños peleábamos y fue allí donde me empezaron a decir: "Nerón, piromaníaco". Luego supe que Nerón había incendiado Roma.

Me volví agresivo, peleaba con mis amiguitos. Un día que no me escogieron para el equipo de fútbol, prendí fuego a un tacho de papeles. Me llevaban seguido a la psicóloga y luego con el doctor Best, que era un psiquiatra. En las conversaciones siempre me preguntaban con sutileza dónde guardábamos los fósforos en casa y si alguna vez había jugado con fuego en el campamento o prendido alguna vela.

Con el paso de los días, Ana me dijo que me quedaría un tiempo en el hospital porque allí era más fácil que los doctores me vean. Durante el día, iba al orfanato para estudiar y en las tardes, al hospital.

Pasaron quizás dos años y me acostumbré a mi nueva vida. Un día la asistenta social me dijo que habían encontrado a una hermana de mi mamá. Yo no tenía recuerdos de ella, pero me emocioné porque me dijeron que quería adoptarme. Lucy, mi tía, tenía un buen trabajo. Era dueña de un museo de antigüedades.

El día que vino a verme cumplía yo diez años y mi corazón latía a prisa. Los papeles de adopción no habían culminado su trámite, pero con un permiso del juez podíamos salir a pasear un par de horas.

Cuando la vi me emocioné porque se parecía a mi madre. Pero era más joven y, a decir verdad, se veía muy distinguida. Llevaba puesto un vestido rojo muy intenso. Me dio un abrazo y un beso. Y me ofreció dos regalos. Un Spider Man muy lindo y una chaqueta azul, mi color favorito. Salimos hasta el estacionamiento del hospital tomados de la mano. Su auto era elegante, una camioneta negra. Me abrió la puerta y me acomodó el cinturón. Vi un carnet colgando en el espejo del auto. Decía Lucy Fernández.

—¿Estás listo para volver a casa, mi rey? Estaremos juntos para siempre —me dijo, y dejó escapar una risa torcida.

10.
Quizás otro día, güerito

Los que sueñan de día son conscientes de muchas cosas
que escapan a los que sueñan sólo de noche.
Edgar Allan Poe

Nunca he creído en supersticiones, en historias fantasiosas sobre aparecidos ni estupideces semejantes. Bueno, no creía hasta hoy.

Me levanté tarde para chambear porque había dormido peor que perro. Las cervezas y el tequilita de la noche anterior me ataron a la cama. La cabeza me pesaba y me latía por momentos. Apenas recordaba el sueño que había tenido esa mañana. En aquel sueño, andaba por una colonia de esas que uno debe evitar, pero, necesariamente, atravesamos camino al Metro Insurgentes, sobre todo en días en los que no tienes dinero para echarle gasolina al auto ni para pagar las malditas tarifas del parquímetro. Para variar, andaba pedo y fumaba un cigarro. Hacía mucho frío y ya había oscurecido.

En una esquina vi a una mujer elegante de vestido largo y negro. No pude resistir las ganas de hablarle. Se me ocurrió que podría invitarle unos tragos y, ¿por qué no?, irnos a un lugar tranquilo. No podía saber si era bella o no porque no se le veía el rostro. ¡Cómo son de pendejos los sueños! Yo le hablaba de espaldas y ella no volteaba a mirarme. ¿Se imagina usted hablando con alguien que no le muestra su rostro?

——¿Qué haces tan sola por aquí, mi reina?

——Espero a alguien —dijo. Fumaba un cigarro. Su voz era áspera, pero me atraía.

——¿A quién? —pregunté, y di una chupada a mi cigarro.

—De hecho, no a ti- —dijo ella—. No lo tomes a mal, añadió.

—No, para nada. Mira que puedo ser buena compañía.

—No lo dudo, güerito —me dijo, siempre sin mirarme.

Y allí está lo más raro del sueño. Ella me dijo güerito sin haberme mirado y no me habló con voz desinteresada. Sonaba más bien como inquieta. Como si tuviera una cita ineludible. Fumaba su cigarro de lado, expectante, esperando algo que yo no podía avizorar. ¿Esperaba a un novio? ¿Quería conocer a alguien y tener una aventura? Decidí jugarme mi última carta y le hablé nuevamente. El frío arreciaba haciendo más triste la noche en el DF.

—¿No quieres echarte unos tequilitas conmigo?

—No, gracias, güerito. Hoy no. Cuídate…

—Sé cuidarme...

—Si tú lo dices. Igual te echaré un ojo. Este es mi territorio, mi colonia…

—¿Me llevas contigo? —insistí en broma. Apagué la colilla del cigarro en una pared.

—No, todavía. Quizás otro día, güerito. Llevo prisa.

Apagó su cigarro y se marchó. Me fui en sentido opuesto rumbo a Insurgentes y Chapultepec. De pronto, sentí el estrépito de un claxon y el impacto de metales crujiendo. Tienen que ser dos autos, pensé. Allí desperté del sueño y me alisté para ir a trabajar.

La cabeza me dolió todo el día hasta salir de la chamba. La cruda jamás se me nota en la cara. La cruda la llevo por dentro y no puedo concentrarme. Me pongo rebruto y no me queda otra salida que esconder papeles en el escritorio. Me pasé el pinche día demorando los trámites de los clientes con excusas típicas: tengo un problema en mi computadora, no recibí el fax, el licenciado no vino hoy, le llamo mañana sin falta.

Salí de la oficina a las seis y como la cruda no se me pasaba decidí tomarme una cerveza para "curarla". Nada como una cerveza helada después de una borrachera. Sentí la cerveza tan buena que me pedí una más. Luego me aventé unas tequilitas y allí mismo me fui a la chingada.

De regreso a casa, andaba por una colonia de esas que uno debe evitar, pero necesariamente transita camino al Metro Insurgentes, sobre todo en días en los que no tienes dinero para echarle gasolina al auto ni para pagar las malditas tarifas del parquímetro. Para variar, andaba una vez más pedo y fumaba un cigarro.Hacía frío y ya había oscurecido. ¿No me había ocurrido esto antes? Claro, lo soñé esta mañana, pensé.

Después reparé en que estaba paranoico, porque no vi a ninguna mujer de negro. Marchaba hacia el metro cuando una bola de pendejos se me acercó. Eran tres. Primero pensé que era broma, pero cuando me rodearon supe que esa noche me tocaría perder. "La lana y tu reloj", dijo uno de ellos.

—A ver, ¡quítame el reloj! ¡Pendejo! —grité empujándolo e intenté correr, pero uno de ellos me atajó y los otros dos me sujetaron del cuello.

—Ah, ¿te crees valiente, frutilla? —dijo el que tenía una cicatriz inmensa en el lado izquierdo del rostro. Me golpeó en el estómago y caí de rodillas. Intenté incorporarme, pero no tenía fuerzas. Gracias a la "amabilidad" de unos de ellos me puse de pie para recibir más golpes.

—A ver, güerito, ¿vas a seguir de necio haciéndote el valiente?

Esta vez no puse resistencia. Me quitaron el reloj, la billetera y hasta los zapatos.

—Ahora el tiro de gracia —dijo uno y puso una pistola en mi frente y sonrió. "BUM", gritó en mis oídos. Cerré mis ojos.

—Dispárale —ordenó uno de ellos.

—No, hoy es tu día de suerte, cabrón —dijo el otro.

—Ni vayas a la policía que podemos encontrarte —amenazó el de la cicatriz. Me golpeó con la pistola en la cabeza y después se perdieron al final de la calle.

Caminaba sin rumbo limpiándome la sangre de la cabeza. Un chorro caliente colgaba de mi jeta. Detuve un taxi. Por suerte, el taxista me llevó, pese a que lucía como un pordiosero. "Me han asaltado", dije y él no hizo mayor comentario. Al llegar a casa, le pedí que esperase un minuto. "Sin trucos que conozco esta colonia", me advirtió el taxista. Subí al departamento para buscar dinero. Bajé y le pagué un poco más de lo convenido.

Volví a casa y me lavé la cara. Tuve suerte, pudieron haberme matado, pensé. Luego de bañarme preparé una bebida caliente. Saqué hielo del refri para la hinchazón y prendí la tele para ver el resultado de las Chivas frente al Necaxa. El noticiero ya había empezado: las transas y accidentes de tránsito eran los titulares del día. ¡Qué curioso! Un reportero informaba, en vivo y en directo, justo desde la colonia donde había estado poco antes. "Hace unas horas, un camión chocó con un Volkswagen robado. Los tres ocupantes del auto han fallecido en el acto. Según la policía, los delincuentes llevaban dinero en efectivo, tarjetas de crédito, relojes y una pistola. Uno de los fallecidos, con antecedentes policiales, habría sido identificado gracias a una notoria cicatriz en la parte izquierda del rostro".

11.
El hidalgo y el indio

Todo lo que vemos o sentimos es solo
un sueño dentro de un sueño.
Edgar Allan Poe

Pizarro apagó el cigarrillo en un poste y lo aventó al suelo. Antes de cruzar la calzada se alisó el cabello. Como siempre, estaba a tiempo para entrar al banco y se puso a revisar sus correos en el teléfono. Ser un gerente le daba, sin ninguna duda, el derecho de leer solo los correos que consideraba importantes. Ignoraba por completo los demás mensajes hasta que se le antojara leerlos. O los borraba sin siquiera abrirlos.

Don Francisco, como un buen Pizarro, por lo general no saludaba ni al portero, ni a ningún empleado que fuera de rango inferior. Cuando enrumbaba por el pasadizo hacia a su oficina, a veces, lanzaba un «Buen día» tan impersonal que hubiera dado lo mismo decir «Buenas noches» o «Feliz Día de la Independencia». Por eso le pareció una impertinencia que en la esquina una persona de a pie lo abordara sin conocerlo. Era un tipo viejo, aindiado, de baja estatura. Llevaba un poncho y ojotas sucias, tan sucias que parecía que hubiera caminado kilómetros. Su rostro mostraba una mezcla de sudor y tierra que chorreaba por el cabello azabache y puntiagudo y por sus pómulos prominentes.

—Siñor Pizarru…

Don Francisco pretendió ignorarlo y miró a los costados para verificar que nadie lo había visto. Se sintió aliviado. Iba a dar un paso adelante cuando el extraño se le acercó y volvió a hablarle. Esta vez al abrir la boca verdosa dejó en claro que estaba *chacchando* coca.

—Siñor Pizarru…

—Oiga, indio insolente, ¿quién le ha dado permiso para que me hable como si fuéramos iguales?

—Quiría dicirlo algo.

117

—¿No serás el abuelo de mi empleada no? Tal vez lo seas, porque ella es de la puna, creo. No sé de dónde serás, pero se parecen. No tengo tiempo para tonterías —dijo don Francisco y se alejó. Lo que sucedió segundos después lo terminó de irritar. El extraño se aferró a su brazo con una vitalidad que lo sorprendió.

—¡Indio asqueroso! Suélteme que me estropea el saco. No quiero terminar oliendo a llama.

Ante su pedido, el indio lo soltó, no sin antes decir algo que a don Francisco le pareció el colmo del atrevimiento.

—Dibe pidirme desculpas, don.

—Oiga, carajo, ¿qué le pasa? Váyase antes que le dé una bofetada.

—Se no me pedes desculpas, vas morir…

Don Francisco no pudo controlar más su ira. Abrió su saco y dejó relucir su revólver calibre 38. Miró al viejo sintiéndose en control de la situación, aunque se quedó pensativo.

—Mira, cholito de mierda. Si no te vas ahorita, te voy a dejar con más huecos que un queso gruyere. Yo tengo una pistola y tú tienes las manos sucias. ¿Qué me vas a hacer, pedazo de llama?

—Yo no, don. Un caballo, un caballo raudo y veloz va matarlo a usted. Como a su famelea de conquestadores. Pura desgracea. Vas pedir desculpas por lo que hicieron.

El aludido pensó en sacar el arma y darle un tiro. Pero en medio de tanta gente, ¿qué podría alegar? ¿Que fue asaltado y que disparó en legítima defensa? Estaba por golpearlo cuando un colega de su nivel lo saludó.

—Caramba, caramba —dijo Natalio Ambrosio, un gerente de banca comercial, un señorón flaco como un espagueti, y de largos bigotes—. ¿A quién tenemos aquí? ¿A un tío lejano? ¿O seguro le has dado diez céntimos de limosna? ¡Tú siempre tan tacaño!

—No estoy de humor —dijo don Francisco y cogió a su amigo del brazo mientras iba pensando. ¿De dónde sabía su nombre el indio? Pudiera ser que alguna vez le hubiera dado limosna. Sí, tal vez fuera eso porque él era una persona cristiana. Muy estricto, eso sí, porque debía de infundir respeto siempre. De esa manera evitaba que los que no fueran de su clase social: los cholos, los arribistas, los empleaditos para toda su vida, le dirigieran la palabra. Pero, en el caso de que le hubiera dado una moneda. ¿Existía la posibilidad de que él, don Francisco Pizarro, le dijera su nombre? No, no, eso era imposible. Solamente les daba su nombre y su tarjeta personal a clientes exclusivos. A veces, incluso, cuando alguien no le caía bien, se excusaba diciendo que no tenía tarjeta. ¿De dónde? ¿De dónde me conoce este cholo? Y lo peor es que me dijo Francisco Pizarro. Y sí, pues, en el fondo era cierto, él era pariente directo del conquistador, pero ¿cómo lo podía saber? ¿Era posible que al tener el mismo nombre del conquistador alguien lo relacionara, y más tomando en cuenta su tez blanca? A lo mejor, pero seguro también habría por allí regados un par de Pizarros, algunos aindiados y otros hasta negros. Aunque esos, evidentemente, no eran familia suya. La familia Pizarro en Lima era una sola y tenía bien documentado su árbol genealógico. ¿Qué le pida disculpas? ¿Disculpas de qué, carajo? ¿De qué?

Don Natalio caminaba a su lado y le iba hablando. Entonces don Francisco le contó la historia a su amigo y este empezó a atorarse de la risa.

"Je, je. Ah ya, o sea que el cholo quiere ser reivindicado, quiere derechos humanos. *Habeas corpus* quiere. Je, je. No, mejor un recurso de amparo. Le hubieses metido una patada en el culo. Eso es lo que debiste hacer. ¿Sabes qué, hermanito? Por seguridad, mejor vamos a la esquina y le tomamos una foto a ese serrano. No vaya a ser un secuestrador que esté de «campana». Vamos antes de que te mate un caballo…je, je".

Casi por inercia, don Francisco y su acompañante caminaron bien erguidos hacia la misma esquina donde se toparon con el indio que ahora miraba el cielo. Hablaba en voz baja como si estuviera realizando algún un ritual. El cielo estaba gris como el lomo de un burro y hacia el este se divisaban unos gallinazos. El indio vio a don

Francisco y a don Natalio. Aunque la luz del semáforo indicaba rojo para los peatones, cruzó la calle intentando huir.

Don Francisco, agudo de vista, intentó cruzar por medio de la calle y solo alcanzó a decir: «Cojan a ese cholo de…» cuando un Mustang lo embistió. Como una marioneta grotesca, don Francisco Pizarro dio dos volteretas en el aire y cayó pesadamente contra el pavimento.

Don Natalio se llevó las manos a la cara y dijo: «Detengan a ese de poncho». Un par de personas, sin saber por qué, agarraron al indio. De la esquina del banco vino un policía. El tráfico de vehículos se detuvo. Un par de empleados del banco, que llegaban a trabajar, empezaron a dar gritos: «¡Una ambulancia!, ¡una ambulancia!». Un policía motorizado llegó. El chofer que había atropellado a don Francisco gritaba alzando las manos, gesticulando con los ojos desorbitados: «Se cruzó en plena luz roja. Yo tenía la preferencia… Se me aventó el señor…».

Varios teléfonos celulares sonaban a la vez. La gente empezó a arremolinarse como si estuvieran alrededor de una ejecución. El policía motorizado se acercó y preguntó si alguien había visto algo.

—Es la culpa de ese indio que está allí —dijo don Natalio. Los transeúntes trajeron al extraño sujeto que parecía perdido como si estuviera deprimido por siglos.

—Señor, ¿se encuentra bien? ¿No ve que el señor ha sido atropellado? —le preguntó el motorizado a don Natalio.

—¡Mi amigo cruzó la pista para atrapar a este sujeto que lo amenazó!

—A ver, traigan a ese cholito —dijo el policía.

Trajeron al indio y este empezó a hablar en quechua.

—Hable en español, señor —le conminó el policía.

El indio siguió hablando en quechua.

—Si sigues de terco te llevo a la comisaría —dijo el policía mientras llegaba otro motorizado y, por fin, una ambulancia. El policía que vino del banco intentaba controlar el tráfico en medio de una batahola de cláxones y gritos: «Tenemos que ir a trabajar», «Arrimen el cuerpo a un costado».

—Mi abuelo no habla castellano —dijo un niño sucio que vendía caramelos.

—Mentira —dijo don Natalio—. Él amenazó a mi amigo Francisco que no sabe ni jota de quechua.

—El viejito no habla nada de español y encima es medio loquito —dijo la vendedora de periódicos.

—Es cierto. Yo hablo en quechua con él —dijo un lustrabotas algo mayor.

—¿Es verdad lo que dicen estos? —preguntó el policía al nieto del indio.

—Es la verdad, verdacita. No sabe castellano mi abuelo. Entiende un poco, no habla, pero —dijo el niño.

—Bueno, lárguense de aquí. Lárguense. Déjenme hacer mi trabajo —espetó el policía.

—Está muerto. El señor está muerto —dijo un enfermero que empezó a cubrir el cuerpo de don Francisco para que lo suban a la camilla.

Don Natalio miró a su alrededor. Le pareció estar en un anfiteatro de granito, lleno de indios, rostros cetrinos y afilados como cuchillos de piedra que lo miraban, ¿con lástima acaso? El policía apuntaba los datos del carro que atropelló a don Francisco Pizarro y decía por radio: «Es un auto Ford, repito, Ford Mustang, de color rojo. Cambio. Sí, afirmativo. Afirmativo. Es de esos deportivos que tienen un caballito en el frente». Entonces, horrorizado, don Natalio se volteó para ver el coche y notó que el logotipo del caballo, casi desbocado y a punto de caer al suelo, colgaba teñido de rojo.

12.
Expedientes Morgue
(Mujer de pañuelo blanco)

Hay que tener presente que, en general, el objeto de nuestros periódicos
es más bien crear una sensación —hacer ruido—que adelantar la causa de la verdad.
Este último propósito es buscado solamente cuando parece coincidir con el primero.
Auguste Dupin en "Los crímenes de la calle Morgue" Edgar Allan Poe

Viernes 13 de febrero de 2004

Recién graduado de la escuela de detectives, Benjamín era un aprendiz joven y arrogante, un conejillo de experimentos a quien asignaron a mi cargo tras mover sus influencias. Esa falta de respeto nunca se la perdoné a mi jefe, quien por edad podía ser mi hijo. Tampoco perdoné a Benjamín (Benji), quien quiso actuar sin escucharme. Por ello decidí darles una lección. Y una lección debe darse de manera implacable. Luego debe hacérsele saber al reprendido el error que cometió al haberse cruzado en nuestro camino.

Ahora mientras escribo pienso en ellos y sobre todo en Mary Pease.

El viernes 13 de mayo de 1994, la señorita Mary Pease fue asesinada de tres puñaladas (una de ellas directa al corazón). No había ninguna huella visible de forcejeo por lo que el asesino debió conocer a la víctima. El ataque fue premeditado y certero. El crimen tal vez ocurrió a la medianoche, a decir del *rigor mortis*.

La prensa llamó al caso los "Expedientes Morgue". Todo por un sarcasmo que tuve con un periodista, quien me preguntó si se trataba de una serie de crímenes imposibles de resolver. "Usted o mira los Expedientes X o lee mucho a Poe. Resolveremos este caso y los demás". Al día siguiente, en el diario se leía: "Detective Peyrone descifrará los Expedientes Morgue y hallará al asesino en serie". A partir de ese día mis superiores empezaron a decirme con sorna: "¿Y cómo van los Expedientes Morgue?" Con el pasar de los días, todos los diarios anunciaban lo mismo con diferentes palabras: "¿Peyrone resolverá los Expedientes Morgue?". "¿Hay un solo asesino en los Expedientes Morgue?"". Llamé a más de un diario para pedirles que dejaran de publicar semejantes estupideces, pero creo que avivé más el fuego.

Era el tercer crimen en la ciudad y ya se hablaba de un asesino en serie. Al igual que los otros asesinatos, el último parecía ser un crimen perfecto, hecho al milímetro. Fue por ello que me asignaron el caso. Hasta ahora lo he resuelto todo sin muchos problemas. No obstante, debido a mi edad o a la envidia de mis superiores (quienes usaron mis enfermedades, mi artritis en particular) me asignaron un ayudante para así realizar todo "más rápido y de modo eficiente". Quizás mi vejez hacía más lento cada movimiento, pero, ¡qué carajos! ¿Acaso una rodilla artrítica impide resolver crímenes? ¿Puede un maratonista solucionar un asesinato por el simple hecho de ser muy veloz?

Desde que Benji llegó a la escena del crimen, empezó a meter las narices y a revisar todo sin acatar mis órdenes. Tal vez quería demostrarse a sí mismo o a mi jefe que estaba preparado, aunque para ello tuviera que barrer el piso conmigo como si yo fuera un estropajo y no el detective Peyrone.

"Benji, quiero que revises el vestido para hallar algún cabello u otra pista del asesino", le dije. "Obvio que lo iba a hacer", me contestó Benji como si lo que acaba de decirle fuera una imbecilidad. "Voy a ver el dorso del cadáver", le dije y él respondió: "Con cuidado, Peyrone. Yo voltearé al cuerpo". Allí sí me indigné. Si bien yo estaba envejeciendo no era un anciano achacoso a punto de ir a una casa de asilo. Todavía tenía fuerzas e incluso hubiera podido darle un buen puñete a Benji para demostrárselo. Ganas no me faltaban.

"Mañana tenemos que interrogar a los residentes de esta calle". "Obvio. Es lo primero que haré", me contestó.

"¿Obvio?, ¿haré?". ¿Este impertinente olvidaba que el que estaba al mando era yo? Este muchacho me tenía hasta los cojones. Allí mismo decidí que lo tenía que sacar de mi lado para que no entorpeciera mi investigación. Tenía que actuar de inmediato. Eso sí, debo reconocer que Benji parecía ser muy minucioso. Demasiado.

Miré el cadáver de Mary Pease una vez más. El trabajo había sido hecho por un profesional, pues aun mirando el cuerpo una y otra vez no hallaba indicios de huella alguna.

Entonces usé la mayéutica socrática con Benji. Esa táctica no falla nunca. Le hice una pregunta que Benji, como el novato que era, jamás podría responder.

—¿Sabes que el asesino siente amor, un amor enfermo, pero amor al fin, por sus víctimas?

—¿Amor? No entiendo nada…

—Vamos, que esto no se aprende en la academia, pero sí en el día a día. Tuvimos un caso similar en los 70. Lamentablemente, no atrapamos al asesino. Lo teníamos cerca, pero desapareció. Se fue al extranjero o se lo tragó la tierra o el diablo. Quizás se escondió al sentirse acorralado. Nuestro asesino actual muestra un aspecto ético. Es un moralista…

—Es obvio que el asesino pueda tener deseo por las víctimas, pero ¿cómo puede sentir amor por ellas? Hasta ahora no acabo por entender eso. ¿Ético?, ¿moralista? Peyrone, disculpa, pero es un poco ridículo que…

—Muchacho, ¡escucha! Esto es muy simple. Fíjate: todos los cuerpos tenían los zapatos puestos y limpios, los rostros no estaban golpeados, incluso tenían el cabello peinado. El asesino les juntó las manos como si las víctimas rezaran. Hay siempre una puñalada al corazón para que la muerte sea instantánea y la víctima no sufra. No hay desfiguración de rostro. El asesino coloca los cadáveres de lado, en posición fetal, como si deseara que volviesen a nacer. Es todo "un homenaje" a la vida que se ha quitado. Otro punto: los labios están cuidadosamente pintados. El asesino maquilla a su víctima con esmero. Y no las ha tocado, no hay signos aparentes de violación y la ropa interior está intacta. ¿Por qué?

—Tiene sentido esa parte del ritual macabro, pero, ¿por qué las mata? no entiendo el motivo…

—La muerte en la cultura occidental es lo peor que nos pude ocurrir, pero en culturas antiguas como la inca o la azteca los sacrificios humanos se realizaban para traer prosperidad a la comunidad.

—Pero, ¿qué prosperidad puede traer este asesino?

—Desde luego que ninguna. El asesino está ausente de la realidad y su *modus operandi* y su grotesco *leitmotiv* pueden responder a querer aliviarle algún dolor a las víctimas. Del primer asesinato se sabe que la víctima padecía de depresión y no tenía trabajo. La depresión era tan severa que hubo un intento de suicidio. La segunda persona era alcohólica y adicta a las anfetas. La historia de Mary Pease es más triste aún.

—¿Las castiga? —preguntó Benji.

—Por el contrario, cree que las salva —sentencié.

—¿Salvarlas porque sufren? ¡Eso no le da derecho de acabar con sus vidas!

—Muchacho, para eso estamos aquí, para capturarlo, no para juzgar sus motivos. Trabajemos en equipo.

—¡Vamos a atrapar a ese maldito pervertido!

Así fue como me metí a este fisgón al bolsillo, quien ahora empezó a mirarme con la boca abierta.

—Benji, toma todas las fotos que puedas con tu propio criterio y haz tus propias anotaciones. Que nadie venga a darte clases que ya vienes bien entrenado.

La cara de imbécil del neófito cambió. Ahora me miraba como quien observa a un padre. Pronto ya lo sacaría del caso o al menos en el próximo caso ya no lo vería. A mí me gustaba trabajar solo. Por veinte años trabajé sin asistente.

Mientras Benji tomaba fotos como si fuera un paparazzi, saqué un pañuelo blanco de la cartera de la víctima y la metí en una bolsa de plástico para enviarla al laboratorio de criminalística. Hay huellas dactilares y de saliva que pueden ser determinantes. Un rasguño o

128

un simple beso pueden resolver una investigación, hallar al culpable y ponerlo entre rejas.

—Terminé —dijo Benji inflando el pecho.

—Muy bien —dije, algo fatigado. —Creo que ya no tenemos nada que hacer aquí. La policía cerrará el perímetro y la ambulancia llevará el cadáver a la morgue. Tengo un termo con café y dos tazas en mi coche. Qué noche más fría. Muy fría para salir a cometer un crimen así.

Fuimos a mi coche y le serví el café de golpe, tanto que manché los guantes de Benji.

—Lo siento, Benji.

—Tranquilo —dijo él y procedió a quitarse los guantes, pues ya habíamos terminado de trabajar.

Bebimos en silencio como si viniéramos de un funeral. Bajé las ventanas del coche y saqué un cigarro.

—Está muy bueno este café. Gracias.

—¿Fumas, Benji?

Benji asintió y le alcancé un cigarro. Le di lumbre y mientras daba una bocanada vi sus ojos confiados. Fumamos en silencio, serían quizás las tres de la madrugada. A esa hora uno no quiere hablar sino abrazarse a la quietud de la noche.

—¿Vas para la estación? —me preguntó Benji.

—Exacto. Dejaré las pruebas. Mañana a primera hora entregas el rollo de las fotos que tomaste. Descansa. Tenemos un día muy largo. ¿Hacia dónde vas?

—A la estación del metro…

—Te dejo en el metro, chico

—Gracias, don…

—Nada de don. Somos colegas. Peyrone a secas.

Conduje despacio, pues no tenía prisa. Mi experiencia me decía que pronto daríamos con el asesino. Por poco podía olerlo. Al rato llegamos el metro.

—Buenas noches, Peyrone.

—Buenas noches, Benji. Mañana será un buen día. Sé que hallaremos alguna pista. Lo afirmo como que me llamo Peyrone.

Al rato, el muchacho desapareció en la entrada del metro.

Prendí el coche. Fui un par de calles más abajo y doblé a la izquierda para estacionarme. Busqué la bolsa de plástico y saqué con mucho cuidado el pañuelo de la víctima. Lo sobé contra los guantes de Benji. Luego di el tiro de gracia o lo que llamo el tiro bajo la nunca. Cogí el pañuelo y lo sobé en la taza de la que Benji había bebido.

Cerré los ojos y sentí un temblor en el cuerpo al pensar en Mary Pease, en sus ojos aterrados, en la dulce suavidad de su piel. Pensé en el llamado que siento cuando veo los ojos de una mujer, cuando siento que me ha escogido… que nos hemos elegido… Eso no lo pueden entender. Por entremeterse en lo que es sagrado ahora deberán pagar…

¡Ahora quiero ver lo listo que son! ¡Benji y esa cáfila de imbéciles!

13.
Flor y fango
(Calipso)

Era de noche, y la lluvia caía; y cayendo, era lluvia,
pero, habiendo caído, era sangre.

Edgar Allan Poe

I

La conocí en el mejor momento de mi vida. Yo era escritor y había regresado de España, después de pasar una temporada en Bilbao y en el borde francés, Iparralde (región norte en euskera). Calipso era hermosa y a la vez perturbadora como un dibujo de Fuselli. Belleza y error, amor y odio, por lo que no se dijo a tiempo. *Odi et amo*, la frase irrefutable e hiriente del gran Catullo. Solo ella y mi escritura. Era lo único que tenía. Han sido mis escritos lo que me han salvado del suicidio.

Y justamente fue Abel Jesús quien quiso arrebatármela y también apropiarse de mi literatura. Abel y yo nacimos el mismo día y casi al mismo tiempo. Yo nací minutos después. Nací llorando mi rabia y luchando. La enfermera, contó mi madre, afirmó que yo nací moviéndose con furia como no resignándome a salir del vientre. Como si supiera que jamás volvería a tener ese calor en mí. Mi gemelo lloró también, pero había una resignación y quizás una estrategia desde el vientre, pues ese espíritu rendido y sumiso hizo que mi madre se fijara más en él. Y por ser tan dócil y cumplir siempre la voluntad de mi madre, ella lo adoró y sobreprotegió por encima de todo.

De mis padres diré poco. Si hubiera podido escoger, hubiera elegido a otros o hubiese optado por no tener padres. Mi padre era un militar machista, bebedor y afecto a la vida alegre. Mi madre, una mujer amargada que vivía solo para Abel y su familia.

Justo cuando cumplí diez años mi padre se largó de casa. El valiente, el macho, el militar, el Supermán se fue una mañana mientras compraba el pan. Hasta ese entonces había sido mi héroe: fuerte, futbolista, boxeador. Luego fui creciendo y supe que no era un héroe. Los héroes no se van corriendo ni te abandonan aduciendo que irán a comprar el pan.

Lloré mucho la ausencia de mi padre a pesar de su dureza. Yo era más apegado a él, porque a veces tenía gestos de cariño. Mi madre solo gratificaba con sus afectos cuando sacabas buenas notas en la escuela. Cuando reprobabas era una tortura. Te esperaba una letanía de insultos, humillaciones y correazos.

Desde los doce me encargué de mostrarme torpe. Lo había visto en una seria de TV: *Yo Claudio*. La abuela, creo, le había dicho, ante tantas muertes e intrigas en el seno de la familia imperial romana: "Claudio, hazte el imbécil y vivirás".

Reprobé todos mis exámenes. A los treces años, mi madre me dejó en paz y nunca más me exigió buenas notas. Me ignoró por completo. Cada vez que reprobaba una lección había en su cara un rostro de resignación como cuando algo viene fallado de fábrica y asumes que no tiene arreglo.

Ante la ausencia paterna, sin poder jugar al futbol, me dediqué a explorar todos los libros que había dejado mi viejo. Mi hermano se centraba en estudiar y complacer a mi madre. Yo extrañaba mucho a mi padre. Alguna vez se lo hice saber a mamá y fui castigado. El mundo era confuso a esa edad, y sin saber por qué empecé a escribir un diario. Todas las noches se apoderaba de mí un deseo irrefrenable de escribir lo que me ocurría en el día. Allí quedaban registrados mis sueños y pesadillas, las tardes alegres de fútbol y el recuerdo de algún gol épico.

Allí también quedaba la amargura de los correazos e insultos en casa. Y miraba a mi hermano soportando los insultos por fallar una pregunta. Una maldita pregunta en un examen.

Yo me había librado ya de eso. A veces, al recibir algún examen lo tiraba de frente a la basura. Decía que aún no tenía exámenes. No sé si me creían o es que ya nada importaban mis notas, mi vida, mis sueños.

Me convertí en un fantasma. Llegaba de la escuela y me metía a mi habitación. Otras veces me iba a jugar fútbol hasta las seis. Luego de la ducha y la cena me encerraba en mi habitación. Por allí fue que descubrí un libro de Sartre y Poe.

Mil noches o más repetí la historia y me inventé un rezo en el que al final le pedía a Dios que me mandara la muerte.

II

Tenía apenas catorce años cuando empecé a escaparme de casa. Siempre terminaba volviendo de hambre, de frío o porque un adulto, que me conocía, me había encontrado vagando por calles alejadas del barrio. Creo que esa parte de mí empezó a asustar a mi madre, porque al volver notaba miedo en sus ojos, también un poco de amor. Recuerdo que una noche, como muy pocas veces, la vi llorar. Me hizo prometer que no volvería a huir. Le dije que no escaparía más. Pero no cumplí. Muchas veces hui y una vez fue para siempre.

No solo me dediqué a escribir un diario sino también historias extrañas de vampiros, de zombis. Había un cuento de Poe titulado "La verdad sobre el caso del señor Valdemar". Y allí fue que empezaron las fricciones en el colegio. El profesor mencionó a Poe y nos dijo que íbamos a leer "El gato negro". Yo pregunté si había leído el cuento de Valdemar y el profesor dijo Abraham Valdelomar. "Valdemar, profesor. Es un cuento de Poe. ¿No lo ha leído?".

Por su rostro noté que no lo había leído. Me castigaron "por malcriado" y me suspendieron un día por burlarme del profesor.

A partir de esa fecha solo iba a la escuela a calentar el asiento. Me sentaba en la parte de atrás con mi libro de Poe o algún otro. Como me quedaba callado en la clase y no molestaba no me decían nada. A veces me llamaban para responder alguna pregunta. Como nunca mostraba alguna idea de saber si estábamos en clase de geografía o inglés, pronto pasé a ser un fantasma. A veces me llamaban: "¡Ormazábal!" "¿Ormazábal?". La clase entera se reía.

135

Sin embargo, pasadas un par de semanas, los profesores dejaron de verme. Incluso, cuando estaban por decir mi nombre se retractaban. A veces me enviaban a traer tizas de la oficina del director. Quizás el estado soporífero en el que me veían los preocupaba, pero las clases eran verdaderas pastillas para dormir. No alentaban para nada al raciocinio. Las preguntan era memorísticas: ¿Cuándo murió fulanito y cuáles fueron las últimas palabras que pronunció? ¿De cuántos balazos mataron al presidente menganito? ¿Cuáles fueron las palabras exactas pronunciadas por el primer presidente de nuestro país y cuál fue la ciudad y fecha exacta en la que se declaró la independencia?

No sé cuántas mañanas y meses pasaron hasta que terminó el colegio. ¿Cómo aprobaba los cursos? Pues, a veces, agarraba los libros y me sentaba a leer por tres horas, sin parar. Siempre he sido compulsivo para leer. Quizás había algo de compasión por un adolescente raro que decía: "Profesor, he leído cinco páginas de la Segunda Guerra Mundial". Y el profesor: "Estamos recién en la primera, muchacho". Y yo: "Profesor, me confundí, pero le juro que sé de memoria lo de la segunda. Y está bien interesante". Y luego veía en mi examen un dieciocho y un veinte. Luego el profesor se me acercaba y me decía: "Eres inteligente pero un poco vago. ¿Por qué no estudias?". Yo me encogía de hombros.

La clase de literatura era la única que me gustaba. El profesor parecía salido de un cuento de otra época. No se molestaba por nada y te dejaba ser. Recuerdo que yo escribía todo en desorden a la hora de responder y no ponía el número de las preguntas, sino que escribía todas las respuestas seguidas. El profesor me decía que por qué resolvía todo de ese modo. Yo le contestaba que así era más fácil. Entonces el profesor me preguntó si prefería hacer un resumen de la clase. Le dije que sí. Mientras el profesor dictaba yo iba escribiendo, también realizaba preguntas y mis propios ejemplos. Al final de la clase del *Poema de Mío Cid*, nos dijo que escribiéramos un resumen. Entonces le pregunté al profesor si podía hacer el resumen a mi manera. El profesor me miró intrigado, pero me dijo que sí. "Con tal que escribas".

Cuando llegó la clase siguiente me acerqué con mi cuaderno. Me dijo: "¿Qué es esto?". Era un resumen, pero en forma de poema. Había resumido la historia del *Poema de Mío Cid,* pero en un poema en el que el primer verso rimaba con el segundo y el tercero con el cuarto. Luego variaba y rimaba el primero con el tercero y el segundo con el cuarto. En la segunda estrofa no había ninguna rima, era una narración.

—¿Tú has hecho esto solo? —me preguntó el profesor.

—Sí, profesor —contesté.

—¿Te ayudó alguien?

—No, bueno sí. Seguí las rimas de *La vida es sueño* y para la parte en prosa me apoyé en un cuento de Congrains Martin.

—¿Conoces a Enrique Congrain Martin?

—Solo su cuento "El niño de Junto al Cielo".

—Niño, ¿qué quieres ser de grande?

Y no sé por qué. Hasta hoy no sé por qué lo dije, pero en ese momento sentí algo en las entrañas y respondí: "Quiero ser escritor". Y el profesor Manuel Miguel Prieto, como muy pocas personas en la vida, me miró con honesta ternura y dijo: "No vas a tener que luchar el doble, sino el triple".

III

Mi vida estaba marcada para ese designio. Cuando venía mi padre, el militar, me trataba sin la dureza con la que trataba a mi hermano, que corría siempre a las faldas de mi madre. La pelea era constante. "Lo engríes como a una niña". "Lo voy a meter a la escuela militar para que se haga hombre".

—¿Y Caín? ¿Qué sería de Caín? —preguntó mi madre.

137

—Que escriba, que se vaya lejos. Caín no ha nacido para uniforme ni para hacer caso. Un muchacho muy loco, pero un soñador. Es más independiente.

—¿Me juras que no van a tratar mal a mi Abel?

—Mujer, ¿crees que voy a dejar a mi hijo a merced de los leones? Abel va a aprender a ser independiente. Además, es bueno para obedecer. Es más sumiso. Caín es mucho más noble y fuerte, pero algo díscolo.

Y así, mis padres iban decidiendo nuestro futuro. Hablaban como si no estuviéramos allí. Decidieron que Abel sería militar. Él, tranquilo y obediente como siempre, acató sin protestar. Terminando la secundaria, mi hermano postuló a la escuela militar e ingreso con las mejores notas.

Yo postulé a una universidad nacional para estudiar literatura y no ingresé. El siguiente año ingresé con un puesto bajo.

Para ese entonces yo escribía en revistas y ayudaba a los profesores en la universidad. Me constaba que los profesores se partían el alma en la clase, que a veces con su propio dinero, ganado en academias preuniversitarias, sacaban copias para los alumnos.

Así como el profesor Manuel Miguel Prieto, tuve la suerte de conocer a un docente de la universidad que era muy altruista. El profesor Olaya a veces me invitaba un café y un menú en la universidad. Tenía vergüenza de aceptarle la invitación. Sabía que ganaban poco como al grueso de los educadores, como la mitad o más del país. Pero también tenía vergüenza, porque en esa década del noventa el dinero escaseaba. Apenas los padres te daban para el pasaje. Tenías que volver a casa para almorzar. Si te tenías que quedar a hacer un trabajo en la universidad te aguantabas el hambre. Comías dos biscochos y una gaseosa.

Cuántas veces me tuve que quedar aguantando el hambre. El profesor Olaya me preguntaba: "¿Has almorzado?". Yo permanecía en silencio. Él decía: "Vamos al comedor de la universidad".

Cuántas veces me quedé en casa haciendo trabajos de otros estudiantes, incluso de una universidad privada. Un estudiante me iba a buscar y me daba cinco temas diferentes y el adelanto del cincuenta por ciento por los trabajos. Cuando entregaba las veinticinco páginas para diferentes alumnos me pagaba sin siquiera revisar los trabajos: "Vienes recomendado. Dicen que escribes bonito".

La gente que me mandaba a hacer sus tareas ni se daba el trabajo de leer lo que yo escribía con esmero.

Fue el mismo profesor Oyala quien me recomendó que viajara a España. Que me consiguiera una beca de las muchas que allá brindaban. Postulé dos años seguidos sin suerte. Recién en el tercer año gané una beca para estudiar literatura en la Universidad Deusto. Entonces me fui a Bilbao para terminar de estudiar el bachillerato y con suerte tentar una maestría.

IV

Pasé cuatro hermosos años en Bilbao, pueblo que aprendí a querer por el euskera, por mis abuelos, por la rabia que sentía al pensar en los cobardes de Hitler y Franco. Y había llorado al enterarme que durante la guerra mundial obreros alemanes y españoles, desde sus lugares de combate (fábricas de armas) habían saboteado a Hitler. Algunos obuses que cayeron en Gernika y en otros lugares como Guadarrama eran distintos. Al abrir algunos obuses, un tiempo después, la sorpresa arrancó lágrimas. Alguien tradujo la tira de papel hallada en el hueco entre la espoleta y el corazón de la bomba. Decía en alemán: "Camaradas, no teman. Los obuses que yo cargo no explotan. Un trabajador alemán".

Y aprendí a preparar pintxos y tortillas de patata y a hablar un poco de euskera. Aprendí que las mujeres españolas, las vascas sobre todo, tenían la sonrisa más bella del universo.

139

Volví a América muy cambiado. Tenía mundo. Después de explorar Gernika y los museos, encontraba más nefasta la guerra. Me alegraba mucho ser un hombre de letras. Me había hecho un tanto conocido en el mundo literario local y en el Casco de Bilbao. Vivía en pleno corazón de Bilbao. Y sabía hacer el *irrintzi* (grito). Ese grito agudo, estrepitoso y largo. Lo usaban entre pastores y gentes del campo para comunicarse en los flancos de las montañas. Hasta hoy es usado como jolgorio y hasta existen concursos.

Pude notar que mi padre y mi hermano se habían reconciliado, lo cual me alegró. Yo seguía un poco molesto con él, pero había pasado mucho tiempo fuera como para malgastarlo en viejas rencillas.

Mi padre venía a casa, pero nunca nos hablaba de su nueva familia. Desde que se marchó siempre fue igual. Tan hermético que yo mismo no tendría nada que contar sobre esa parte de su vida. La desconozco por completo.

Lo que sé a ciencia cierta es que mi madre parecía no haber dejado de amarlo. Lo atendía con reverencia. Se notaba que estaba dolida, pero el esmero era conmovedor, casi un mensaje telepático. Y no menos telepático era la cara de él cuando degustaba el café y cenaba. Mi padre nunca encontró mayor deleite que en la cocina, donde mi madre hacía maravillas que aún recuerdo. Ah, los aromas de los guisos, los postres, el café. Ellos sonreían a veces por las mañanas con complicidad.

Ahora mi padre disfrutaba mucho sus visitas quincenales a casa. Ya éramos adultos, pero venía a dejar el dinero acordado tras el divorcio. Muy puntual él, pero había en esa transacción algo difícil de digerir. "Aquí está el sobre", "aquí está tu encargo". Era la manutención que nos correspondía de niños. Ahora de adultos quizás era lo mínimo que mi padre podía hacer por ella, la que fuera su esposa. Qué difícil sería decir, aunque sonara más cierto: "Aquí está el dinero acordado", "aquí tienes el dinero del divorcio".

Preguntarle cómo se encontraba era algo que evitábamos. Más de una vez vi a mi padre ponerse cabizbajo e incluso noté sus ojos humedecidos. Yo veía a mi madre como si quisiera abrazarlo y decirle: "Ven, ven. Sabes que puedes volver. Esta siempre será tu casa".

A veces me daba rabia verla así, sumisa, y luego intentaba calmarme diciéndome que tenía que respetar lo que decidiera.

En esas tardes de almuerzo, mi padre y mi hermano se entendían hablando de tácticas militares y de una posible recuperación del morro de Arica, de una posible invasión a Chile. Aclaraban que después de todo no sería una invasión. Solo se recuperaría lo que era con justicia nuestro.

—Chile ahora parece tener un mayor poderío militar. Además, eso ocurrió en 1879…creo que debemos mirar para adelante…

—Entonces borrón y cuento nueva, ¿no? —dijo mi hermano con sarcasmo.

—No digo eso, pero es una parte de la historia que debe dejarse atrás para no repetir los errores nefastos de la guerra.

—¿Entonces no deberíamos recuperar lo que es nuestro? ¿El territorio que abusivamente nos quitaron? —preguntó mi padre, airado.

—Perú entró en una guerra que no le correspondía y la perdió. No hablo de justicia. Digo que recuperar un territorio que ya no es nuestro implicaría otra guerra innecesaria con un país hermano. Podemos vivir en paz.

—¿En paz? ¿Qué tienes, hijo? Pareces que quisieras a los chilenos.

—Este ha venido muy cambiado y con aires europeos —sentenció mi hermano con sorna.

—Tengo amigos chilenos en España y nos llevamos muy bien. Jamás hemos hablado de la guerra que yo recuerde.

—Vaya, un olvidadizo y muy intelectual —dijo mi hermano. Mi padre asentía con la cabeza.

—¡Ya dejen de discutir! —dijo mi madre y sirvió más café. Pese a la discusión sin sentido y a la alianza ridícula, me alegraba que mi padre y mi hermano se llevaran bien. Mi hermano tenía ahora ese porte militar de macho, ese aspecto que parece gritar: "A ver, dime algo. Soy militar. Te rompo los huesos a patadas".

Se había casado y tenía un niño. Tenía una vida feliz, pero había algo que parecía molestarle. La libertad que yo tenía. No le respondía a ningún uniformado más allá de las mínimas cortesías. Conseguí trabajo en una revista cultural conocida. La verdad, por haber logrado algo afuera, se me hizo fácil entrar en los círculos literarios locales.

Mis escritos y mi fotografía aparecían en diarios, a veces. Esporádicamente, tenía entrevistas en la radio e incluso alguna vez fui entrevistado en un programa cultural del canal del Estado.

Mi vida bohemia se desarrollaba cada viernes y sábado. Era soltero y no tenía que llegar a casa a ninguna hora. Rentaba un departamento muy pequeño cerca al mar. Por las noches trabajaba en una radio como redactor de noticias. Apenas un par de horas, pero era suficiente para ayudarme con ciertos gastos extras. Me iba bien.

Mi hermano, por su lado, pese a seguir su carrera militar se veía insatisfecho. A veces, venía a visitar a mamá sin su familia y algunos domingos coincidíamos. Fue en una de esas tardes de almuerzo que, sin muchos rodeos, mi hermano nos dio la sorpresa.

—Estoy escribiendo una novela.

—¿Cómo? ¿Tú escribiendo una novela?

—¿Qué pasa? ¿Solo tú puedes escribir novelas?

—No dije eso. Digo, ¿por qué?, ¿qué te motivó?

—Ah, veo que te molesta.

—¿Con qué tiempo? Eres casado y andas en actividades con los bebes.

—Tengo mucha disciplina.

—Bien. ¿Y lo revisas con alguien? ¿Algunos colegas militares escriben?

—Yo lo reviso solo. Sé suficiente gramática y he leído bastante.

—Digo que quizás alguien que sepa un poco del tema.

—Oh, claro, tú eres escritor. Solo tus puedes leer a Dumas.

—¿Qué te pasa? ¿Crees que no podría ayudarte ni un poco en algo que conozco muy bien?

—Tranquilo, Cervantes.

—¿Qué carajo te pasa?

—Nada. Que eres un arrogante, un soberbio y no se te puede decir nada. Te das de gran escritor y unas ínfulas de mierda. Eso es lo que pasa.

Sin entender de qué iba esta pelea, me despedí de casa al tiempo que mi madre trataba de calmar a mi hermano. Mi padre se quedó callado mientras yo tiraba la puerta.

Estuve dos semanas sin ir a casa. No entendía por qué mi hermano siendo mayor, teniendo una vida buena, quería ser escritor a estas alturas. Cada uno había elegido su camino. Yo, ser escritor, desde niño, y él, ser militar, desde que mis padres eligieron su destino.

Por dos semanas estuve bebiendo sin control. Hacía bien mi trabajo y mi jefe de redacción y el jefe de este me habían dicho que les importaba una mierda si me tomaba hasta el agua del florero. "Tú entras a trabajar por la tarde y con tal de que no vengas oliendo a alcohol puede hacer de tu vida lo que se te pegue en gana".

Esa noche fui al Night Club y me presentaron a Calipso. La dueña, madame Emily, era amiga del dueño del periódico donde yo trabajaba. Alguna vez había intercedido con la policía, sobre todo cuando había gente importante: políticos que eran amigos de don Francesco, el dueño del periódico. Una vez botaron a patadas a un reportero joven que le había tomado una foto a alguien importante. Cuando el mastodonte de seguridad alzó por los aires al reporterito, este gritó que todo lo sucedido saldría en los medios. Madame Emily le propinó una sonora bofetada.

143

—¿Sabes cuántas editoriales ha escrito Francesco mientras se deleitaba con esto? —dijo madame Emily haciendo un ademán de tocarse el sexo.

El muchacho perdió el trabajo. Los trabajadores del periódico podíamos tomarnos unos tragos, incluso nos daban un descuento, pero el carnet de periodista, al ingresar, todos se lo metían al culo.

Calipso era todo un misterio. Decía que su padre era de algún lugar de Galicia y que provenía de una familia de gitanos. Su madre era de un pueblo del país, este país al cual yo había vuelto sin saber para qué.

Calipso podía beber y en ella fue que encontré una buena aliada. Quizás con mi sueldo de periodista no hubiera podido pagar todo eso, pero madame Emily me tenía cariño. Solo debía pagar la mitad de lo que bebiera y a veces nada. "Eso sí, a Calipso le pagas lo que vale y dejas una propina a los mozos".

Calipso era divina. Sus ojos hermosos y su cabello azabache, que le llegaba hasta los hombros, encerraban una belleza extraña y oscura. Cada vez que iba a verla, al despedirme, me sentía un Ulises quien tiene que volver a Penélope, pero yo no tenía a nadie. Su cuerpo era firme y sus hombros, brazos y muslos eran de una hermosura espartana. El vientre era firme, cincelado. Debajo del cuello, justo al empezar la espalda tersa, tenía tatuada una mariposa de colores: lila, azul y celeste.

Luego supe que le encantaba el boxeo y ejercitarse un tanto con pesas. Desnuda, parecía una aldeana nórdica dispuesta a pelear al lado de una horda en busca de un botín y nuevas tierras.

Cada quince o veinte días iba a ver a Calipso, quien siempre se mostraba amable. Increíble, ella había estado en la universidad estudiando educación. Pero lo había dejado, porque no se quería morir de hambre. Soñaba con tener un esposo con buena posición económica, una casa grande, dos perros, una piscina enorme y tres niños. Esta ciudad es chica, le dije, y me dio la razón. "En esta ciudad de mierda no. Estoy ahorrando bastante. Me iré a Madrid o a

New York. Los hombres aquí son una broma: machistas y con complejo de Edipo".

Calipso me tomó aprecio e incluso hizo algo que no debía hacer. Nos vimos fuera del Night Club. Pensaba en una noche de lujuria, en la noche más pasional de mi vida. Cuando le pregunté qué deseaba hacer me respondió: "Tomar helados, ver una película de terror, y si me asusto, me abrazas". Entonces vi realmente que Calipso no era esa ninfa, esa semidiosa del sexo. Era una persona común con anhelos comunes. Y le pregunté si estaría bien hacer estas cosas juntos, algo que seguramente haría si tuviera un novio. ¿Por qué conmigo? Y me besó posando apenas sus labios en los míos: "Porque tú también estas solo".

Ese lunes (los fines de semana era cuando Calipso hacía más dinero y no podía verme), luego de tomar helados y asuntarnos viendo a Freddy Krüeger y su mano de tijera, fuimos a mi departamento. Supe que Calipso tenía un nombre muy dulce: A, y que le gustaba dormir con la lámpara encendida, que le gustaba hacer el amor despacio, sin prisa, y que por lo general luego de un encuentro nocturno prefería dormir temprano y hacer el amor con el crepúsculo.

Nos vimos un par de veces: tomábamos café, comíamos una hamburguesa. A veces, una ensalada (aquí yo sí sufría). Ella llevaba una vida simple: se entregaba por sexo, ahorraba todo su dinero, soñaba con viajar al extranjero y hallar al amor de su vida.

Solo hicimos un pacto: yo no debía enamorarme de ella. Acepté.

Acepté de la boca para afuera, porque desde la primera vez que hicimos el amor, quedé sometido *ad libitum* y hubiera hecho cualquier locura y cometido cualquier crimen por estar con ella. Pero soy hombre de palabra. Y cumplí, a medias, pero cumplí. Me enamoré perdidamente de ella, pero nunca se lo dije. Nunca le dije que la amaba.

Desde que nos vimos a solas un par de veces, me había dicho que era raro hacerlo en el Night Club y luego fuera de él.

Convenimos en vernos fuera. Me decía que estaba al tanto de que yo ganaba muy poco y que se sentía mal de recibirme el dinero. Obvio, eso me jodía un poco, jodía a ese ego sudamericano de machito, aunque no mucho. Vivir en Europa de verdad me había ayudado a sacarme ese macho que llevaba dentro. Ese machito imbécil que van formando en uno desde el kínder, con los desfiles escolares en los que se avivan sentimientos nefastos de guerras del 1800. Y eso del policía escolar con un cordón (un rango de autoridad) y un puntero con el que incluso podía corregir a los que se portaban mal.

Convenimos en que yo ayudaría con algunos de sus gastos de casa, pues a veces pasaba a verla y cenábamos y desayunábamos juntos. Nuestra amistad no se basaba en el sexo. Diría que incluso nuestros encuentros tenían más complicidad y hablábamos mucho.

Quedó convenido, de manera tácita, que cuando me pagaran yo dejaría un sobre pequeño en la mesa de la cocina para ayudarla en casa. Muchas veces, en el diario nos pagaban con vales para comprar en tiendas y también con víveres de comida (canjes publicitarios). Yo era soltero y no tenía para quién cocinar. Todos los días comía con vales que los restaurantes nos daban a cambio de publicidad. Lo mismo en la radio.

Una vez le dije a Calipso, con sinceridad, algo que realmente sentía. Ayudándole un poco quizás ella podría cumplir su sueño: casarse con ese novio que le pudiera dar una buena vida y la casa grande y los niños y todo lo que ella esperaba. Calipso me abrazó y me dijo que quizás en otra vida nos encontraríamos y estaríamos juntos. Le dije que sí, pues sabía bien que, aunque la pasábamos increíblemente bien, yo no era el hombre de su vida. La amaba, era cierto, pero decírselo solo hubiera empeorado las cosas.

Me confesó esa noche que estaba cansada de las largas madrugadas, pero que necesitaba el dinero. Cuando le pregunté por qué necesitaba tanto ese dinero me sorprendió con su respuesta. Me dijo que se hacía cargo de su madre y de su hermana menor, quien había salido embarazada de una porquería de persona que se había largado ni bien supo de la gestación. Su hermana se había metido

146

con la peor porquería que pudiera existir en el planeta. Cuando le pregunté quién era esa porquería de persona me dijo: "Es mi expareja, el muy hijo de perra".

V

Recibí con sorpresa la noticia de un pequeño premio de novela en Navarra. Me cayó de perillas, pues Bilbao estaba apenas a dos horas y podría visitar a mis amigos. Decidí irme por dos meses.

Alisté mis cosas y fui a despedirme de unos amigos en el centro de la ciudad, en los bares en lo que nos reuníamos los colegas. El maestro Estuardo, muy zorro él, me dijo que alguien había estado intentando acercarse al grupo diciendo que era escritor, que no tenía nada publicado, pero que tenía muchos cuentos, dos novelas e incluso poemas. Todos estaban medio extrañados por el *outsider,* que incluso sacó dos poemas para leer y que al terminar preguntó qué les había parecido. Nunca el bar había tenido ese aura a funeral. Nadie abrió la boca. El gordo Estuardo Reygada, mañoso como él solo, solicitó que hicieran un brindis. Luego miró al tipo y le dijo: "¿Tú no eres el hermano mayor del Loco Caín? Me parece haberte visto antes en una de sus primeras lecturas. Yo presenté su libro".

Entonces el *outsider* se paró enfurecido. Dijo que Caín era un imbécil, que se creía la reencarnación de Poe. El *outsider* era él, mi hermano Abel.

No llegué a despedirme de mi hermano, pues adujo que por esos días se encontraba muy ocupado.

Me fui a Navarra y me olvidé de todo. Solo una vez llamé a Reygada. Me contó que mi hermano había aparecido por los bares de siempre, pero en horas inusuales. "Parece Sherlock Holmes o Dupin", dijo Estuardo sonriendo.

Extrañaba a Calipso, es cierto. Hablábamos dos veces por semana. En la segunda conversación, le pregunté cómo estaba el trabajo. Luego me di cuenta de que había hecho una pregunta de lo más estúpida. Calipso me habló de la rutina, de las ganas de mandar a la mierda todo, a los hijos de puta que porque pagaban pensaban que poseían su alma también. Me dijo que, a veces, se sentía sucia. Le dije que no hablara de esa manera. "Siento que estoy en medio del fango", dijo abatida. Le comenté que todos de algún modo habitábamos en una especie de fango oscuro, pero que en medio de todo ella era una flor. Calipso, fue la única vez, se puso a llorar mientras reía y me dijo: "Te quiero".

Luego de eso no la volví a ver hasta aquel día.

En Bilbao la pasé bien. Incluso, el dueño de una editorial, quien a su vez tenía otra empresa dedicada al rubro educativo, me dijo que podía darme trabajo si me quedaba a radicar en Euskadi. Sonaba tentador, pero antes tenía que hacer algo importante del otro lado del charco. Tenía que volver y hablar con Calipso.

VI

Al volver a América no pude esperar hasta que Calipso pudiera verme. Fui al Night Club. Le había comprado un anillo. Quería decirle algo, hablarle. No sé si tendría el valor, pero quería atreverme.

Entrar al Night Club despertó en mí una adrenalina como nunca. Las luces de neón y hielo seco en el piso. Fui al lado de las mesas donde Calipso siempre se ubicaba. Primero pensé que era una alucinación. Pero me pareció ver a Abel al lado de ella. Casi me refregué los ojos, pero no lo necesité. Allí estaba él, tambaleándose.

—¿Qué haces aquí? —le pregunté. Sentí un ardor en toda la cara.

Calipso estaba confundida. Nos miraba a los dos.

—Aquí alistándome para un buen polvo. ¿No es así, Calipso?

148

Noté que llevaba puestos zapatillas All Star, un saco deportivo y una camiseta de The Doors, banda que él nunca había escuchado. Se había vestido como si fuera yo.

—¿Qué te pasa? ¿Qué te traes?

—¿Qué? ¿Solo tú puedes tenerla? Es una puta, querido Cervantes.

Me iba a ir encima de él.

—¿Abel? ¡No entiendo! —susurró Calipso, que parecía mareada.

—¡Eres un imbécil de mierda! —grité mirando a Abel, que apenas podía estarse en pie.

—¿Caín? —preguntó Calipso como reconociendo mi voz.

—¡Este remedo es mi hermano!

—Fuck! —¡Pedazo de hombre, mentiroso de mierda! —dijo Calipso mirando a mi hermano con ojos de ira.

—¡Puta! —le espetó Abel y Calipso le propinó una bofetada.

Abel iba a lanzarle un puñete y puse el brazo. Borracho como estaba mi hermano trastabilló tumbando la mesa. El baile y la alegría se detuvieron un segundo. Dos mastodontes de seguridad se acercaron.

Iban a sacar a mi hermano. Cuando lo levantaron, Abel sangraba del rostro y tenía restos de vidrio.

—¡Mierda! Llamen una ambulancia —dijo Madame Emily—. Caín, vete. Vete antes de que me arrepienta. Vete y no vuelvas más por acá. Y tú, Calipso. Agarra tus cosas y te largas. Me hice la imbécil todo este tiempo y mira… mira la cagada que has hecho.

—¡Tanta maldad! ¡Tanta maldad! Malditos sean todos —fue lo que dijo Calipso.

En el medio del bar había un idiota haciendo malabares y trucos con fuego. ¡Un "tragafuegos" en un bar! Entonces el muy idiota lanzó el fuego hacia arriba como si quisiera llegar al cielo. Apenas llegó uno metro hacia arriba, el fuego prendió un banner de tela que

149

colgaba en el bar. Primero fue una llamarada, luego se hizo una pequeña lengua de fuego.

Un cíclope que era de seguridad caminaba a mi lado. Magdalena, una de las bailarinas, limpiaba con cuidado la sangre del rostro de Abel Jesús, mi hermano.

Alguien gritó. Luego otra persona más y las bailarinas empezaron a desesperarse. "Un extinguidor", gritó alguien. El tipo del bar sacó un extinguidor diminuto, pero no sabía usarlo. El cíclope fue hasta el bar, jaló el extinguidor con fuerza y lo rompió. La gente corrió hacia la única puerta. Cuando llegaron a ese punto, se dieron con la sorpresa de que esta se abría hacia adentro. Con la masa acumulándose en la puerta, en lugar de salir solo bloqueaban el único punto de escape. Desesperados, se trepaban unos encima de otros. El de seguridad empezó a sacar a empellones a los que estaban cerca a la puerta, pero el instinto había convertido a todos en salvajes. Cuatro clientes se enfrascaban en una pelea con él, pues entendían que si no lo hacían a un lado jamás podrían salir.

"¡Calipso!", grité. Corrí hacia la parte de atrás. Abrí los apartados que eran cuartitos con sillón y cortina. Senos, culos, hombres aferrándose a las bailarinas sin darse cuenta del griterío ni el fuego por la música ensordecedora del Night Club. Empecé a sentir ahora sí el humo. Abrí más cortinas. Un hombre dormía y una bailarina lo acompañaba. Les grité y no despertaron. Sacudí de los hombros a la bailarina que cayó encima de su cliente. Lo empujé a él. Supe que ni con un terremoto se levantarían.

El humo era espeso. Sentí un poco de ardor en la garganta. Llegué al final del bar. Allí empezaba la cocina. Gritaban. Al parecer había una puerta de salida trasera. "Madame Emily tiene la llave. Búsquenla", gritó alguien. En ese caos y maremágnum de gritos sentí que me desvanecía. Vi al cíclope sangrando de la cara. En las manos empuñaba una comba con la que golpeaba la puerta. El humo ahora sí era copioso y me ardían los ojos. Alguien debió darse cuenta de la salida en la puerta trasera porque también empezaron a llegar clientes por eso lado. Otra vez el tumulto. El fuego ahora se sentía cerca, el calor era intolerable. Una danza macabra de cuerpos aplastándose punto de convertirse en antorchas humanas.

Allí quise asirme de la pared porque me desplomaba por fin. "Se está abriendo. La puerta… la puerta", gritó alguien. Entonces, entre el humo, como un ángel de la vida o la muerte vi emerger a Calipso. Sus cabellos parecían flamear. Mis ojos se cerraban y entonces sentí que alguien me levantaba de las piernas. Sentí mi cuerpo en el aire, pero tenía los ojos cerrados, debilitado por el humo. Al salir, sentí el viento fresco de la calle, una inyección de aire entraba a mis pulmones. Apenas podía abrir los ojos. Me sentía laxo, drogado, tosía. Alguien me llevaba con pulso firme. De pronto, sentí mi espalda sobre la frialdad del concreto. Solo recuerdo que era de noche, y la lluvia caía.

Alguien me estaba dando primeros auxilios. Sentía aire puro ingresando por mi boca, aire de vida. Tosía por ratos, pero algo me gritaba en la mente que no iba a morir. De nuevo, ese alguien echándome aire por la boca. Escuchaba el ulular de una sirena y luego el ruido se tornó ensordecedor. ¿Bomberos? ¿Policías?

Abrí los ojos ora por la desesperación, ora por ver quién me había cargado con tanta fortaleza. Abrí los ojos y vi a Calipso dándome vida. Al ver mis ojos abiertos me pareció que sonreía. A la vez, se dibujó en su rostro una mirada de despedida. El ruido de las sirenas y la gente que corría de un lado a otro conformaba una batahola dantesca de muerte. Sentí que se incorporaba. Calipso susurró algo o acaso el sonido de las sirenas me había ya dejado sordo. Pero leí en sus labios algo así como: "Te amo". Cerré mis ojos unos segundos. Al abrirlos ella había desaparecido.

"¡Aquí! ¡Aquí! ¡Este está vivo!", gritaba alguien. A mi lado vi cuerpos inertes y al cíclope con la cara llena de sangre y el cuerpo chamuscado. No se movía ni daba indicios de vida.

Desperté en el hospital dos días después. Treinta y tres muertos en el Night Club. La policía me preguntó qué recordaba. Entre otras cosas, les dije quién me había salvado. Di la descripción de Calipso. Me dijeron que habían encontrado a una chica con esas

151

características. Tenía un tatuaje en la espalda. "Tenía una quemadura en la espalda, pero tatuaje parecía una suerte de mariposa".

Calipso era una de las personas fallecidas.

"¡No puede ser! ¡Fue ella quien me estuvo cargando! ¡Ella me sacó del fuego!", empecé a gritar desesperado. "¡Mi hermano!, ¿dónde está mi hermano? ¡Suélteme y no me mire con esa cara de imbécil como si estuviera loco!".

"¿Su hermano?, lamento decirle que no hemos podido identificar a todas las víctimas. Hay muchos cuerpos calcinados. A la chica del tatuaje la encontramos cerca a la puerta, pero nunca llegó a salir. Murió asfixiada. Lo siento", dijo el policía.

VII

Tres semanas después, cogí unas pocas ropas y me fui rumbo al aeropuerto. Compré un boleto para España. Yo había soñado volver a Bilbao acompañado, pero hay fuerzas que pueden cambiarlo todo. El destino, la fuerza del sino es fatal. ¡Tanta maldad! ¡Tanta maldad! ¿Quién es el fango y quién es la flor entonces? ¿Dónde queda el amor? ¿Dónde la fraternidad? ¿Dónde la sangre? Eso, la vida y la muerte, el amor y el odio se mezclan como flor y fango.

Ella era hermosa y a la vez perturbadora como un dibujo de Fuselli. Belleza y error, amor y odio, por lo que no se dijo a tiempo. Amor y odio, *Odi et amo*, la frase irrefutable e hiriente del gran Catulo.

14.
La caída de todo

He is the King, fue lo que le pareció escuchar a Erick Allen o quizás estaba ya alterado por las noches sin dormir. Una vez más repetiría el sacrificio. Faltaban unas horas para poder observar la aurora. Olía a muerte certera e inevitable.

Habían ocurrido asesinatos extraños en el estado de Virginia varias décadas atrás. En esos tiempos llegaron noticias de París, terribles crímenes en la calle Morgue. Y no se sabía sí el asesino era un animal, una bestia o demonio.

En Richmond, alrededor de 1830-1835, aún se contaba como una leyenda urbana que un hombre había asesinado a su esposa y había tapiado el cuerpo en la pared junto a un gato negro. Muchas ciudades convulsionaron con violencia inusitada. El Norte y el Sur, abolicionistas y segregacionistas se atacaron con furia como chacales.

Los abuelos de Erick aborrecieron a Jackson con todo el corazón, si es que alguna vez tuvieron algo en el pecho. Las ideas de la expansión hacia el Oeste en busca de tierras y quizás fortuna, el destino manifiesto de Dios y la movilidad social eran demasiado para la gente acaudalada. Los Usher, por ejemplo, ya habían desaparecido. Ahora esa mansión estaba en ruinas, sin herederos ni parientes lejanos.

Los Allen eran quizás los que habían estado mejor en el área de Richmond. Sus tierras estaban bien trabajadas. Sus bodegas estaban llenas de vinos de todo tipo. Tenían en una buena época barriles de amontillado y de jerez. Y aun cuando no era época tenían algo en reserva.

Un siglo después, Erick seguía aborreciendo a Jackson porque nada se parecía a la vida que tuvieron sus padres. Ni por asomo se parecía a la que tuvieron los abuelos en 1800. Ahora Erik tenía, a veces, que embarrarse las manos en la tierra.

El odio de Erick fue transmitido por dos generaciones. De vez en cuando pensaba que quizás había nacido perverso desde siempre. Usaba su poder para asustar, destruir y despojar del último aliento a sus víctimas.

Pasada la era finisecular, ya en el moderno año 1920, aún era un gran lujo tener un coche. Eso sí funcionaba a su favor.

Detener el coche y descender con cuidado para socorrer a una dama bajo la lluvia o aun para cortejar con la elegancia de vestir un buen traje, un saco de piel y un reloj de oro colgando en el saco bastaba para poder lograr que su víctima subiera. Primero la seducción y deslumbrar con su opulencia de hombre rico. Si eso no funcionaba había un segundo plan que funcionaba igual de bien: la violencia. No hay nadie que se resista a una manopla de hierro, una soga y menos a una daga.

Una vez dentro, desacostumbradas a la elegancia de Erick o a la manera de abrir la portezuela de un auto, estas mujeres eran capturas fáciles para un depredador como él.

Su momento preferido era ese en el que tomaba uno de los brazos delicados y aterrorizaba con la primera pregunta: "¿Tienes miedo?". Y cuando la confirmación entre balbuceos asomaba, justo allí, lanzaba preguntas que solo aterrorizaban más: "¿Sabes lo que te va a pasar no?". Y al ver los ojos llenos de pavor, ejercía la humillación hecha violencia: "¡Perra!, dime que tienes miedo. ¡Dímelo!".

La policía local había demostrado su ineptitud desde hacía tres años. Ahora, Erick repetía este *modus operandi* cada tres o cuatro meses.

Esperaba con ansias que pasaran los días y llegado el momento era presa de la excitación.

La víctima de hoy era de una extraña belleza. Alta y aunque delgada tenía cierto porte que le daba fortaleza. Podía olfatear que era una mujer firme. Su voz era muy suave y pausada.

No le costó mucho convencerla para que subiera al auto. Era ya de noche. Las antorchas de la calle iluminaban, pero no lo suficiente.

La tomó del brazo y ella no puso resistencia. Sonrió con desprecio. Erick apresó la muñeca apretándola con fuerza. Ella no pareció inmutarse.

La miró con esa miraba perturbadora y maligna de siempre:

—¿Tienes miedo?

La confirmación entre balbuceos no asomó.

—¿Sabes lo que te va a pasar no?

No pudo ver sus ojos llenos de pavor. No ejerció la humillación hecha violencia.

La sujetó fuerte de la muñeca, pero no parecía hacerlo con fuerza suficiente, pues ella volvió a reírse. Esta vez era una burla.

—He is the King —dijo ella con voz de niña, pero con un ímpetu infrecuente y ominoso.

—¿Qué dijiste, estúpida?

Ella no respondió. Solo se reía sin parar.

Erick apretó la mano de su víctima. De repente, con un giro rápido, esta liberó su mano y sujetó la de Erick con vehemencia. Mientras reía pudo notar que Erick, el depredador, mostraba signos de sentir un dolor intenso.

—¿Tienes miedo? —preguntó ella. Su voz ya no era la misma. Era una voz un poco cavernosa.

La confirmación de pavor se notaba en los ojos del depredador.

—¿Sabes lo que te voy a hacer no? ¡He is the King!

El depredador sintió que la marejada de la noche, entre cervezas y tabaco, había sido muy fuerte. Quizás se encontraba delirando, pensó.

Ella se encargó de devolverlo a la realidad apretándole la mano hasta que él soltó un alarido. La carne de Erick empezó a ceder ante las garras de su supuesta víctima.

Se precipitó la caída de todo, el anuncio del final.

—Sabes lo que te voy a hacer ¿no? —preguntó ella.

Erick ya no estaba seguro de quién se encontraba a su lado. La risa diabólica de la mujer ahora era un bramido animal. El rostro empezó a ensancharse, así como los hombros. La ropa empezó a romperse, revelaba el cuerpo enérgico de un animal, un macho cabrío. Algo comenzó a levantarse de la entrepierna de aquel ser. Se formó un bulto demoniaco que destrozaba, poco a poco, la tela de la falda. Erick quiso gritar, pero el terror ya había castrado su voz.

Trivia

Cada cuento inicia con una letra de tamaño superior al resto de los textos. Junta las letras (están en desorden) y busca que tengan sentido. El primer cuento "En plena luna llena" empieza con la letra E y esa es la primera clave para resolver la trivia o acertijo que puede ser un objeto o una persona. Cuando resuelvas el primer acertijo debes unirlo a la primera frase en negrita del cuento "El final de todo". Tendrás una oración completa que tiene sentido y amplia relación con el libro. Escríbenos a editorialraiceslatinas@gmail.com con tu respuesta. Las tres primeras personas recibirán una versión Kindle gratuita de una antología de terror.

Sobre el autor

Hemil García Linares (Perú, 1971) es bachiller en periodismo y obtuvo una maestría en español por la universidad George Mason en donde es instructor de español. Enseña AP Spanish en George Mason HS. Publicó *Cuentos del norte, historias del sur* (2009, 2017), y las novelas, *Sesenta días para abandonar el país* (2011) y *Aquiles en los Andes* (2015), las antologías, *Raíces latinas* (2012), *Exiliados* (2015) y como coeditor publicó Proyecto Usher, antología en homenaje a Edgar Allan Poe (2020) y Proyecto Cthulhu (2020). Es el fundador del Festival del libro hispano de Virginia, de la editorial raíces latinas y el sello Domus Gothica especializado en literatura de Horror. Dirige talleres virtuales de cuento y novela en Lima (Perú), Tijuana (México) y Virginia. Es, además, escritor afiliado en Horror Writers Association, creado en 1980 con la ayuda de autores como Dean Koonz, Robert McCammon y Joe Lansdale. Es blogger y escribe artículos de literatura de Horror para Amazing Stories y otras revistas virtuales. Aparte de sus actividades literarias, disfruta del mar, las montañas y hacer Kayak en Virginia donde reside junto a su esposa Kathya y su hija Miranda.

Otros Títulos de
Editorial Raíces Latinas

El azul del Mediterráneo, un viaje ancestral (2019)
Raíces latinas (2012)
Exiliados (2015)
Mirando al sur (2019)
El fuego en la niebla (2019)
Las hermanas Alba (2020)

Colección Domus Gothica

Proyecto Usher, un homenaje a Edgar Allan Poe (2020)
Proyecto Cthulhu, un homenaje a H.P. Lovecraft (2020)